海风文学丛书

时光的情影

李呆 著

浙江工商大學出版社
ZHEJIANG GONGSHANG UNIVERSITY PRESS

图书在版编目(CIP)数据

时光的背影 / 李呆著. — 杭州：浙江工商大学出版社，2016.1
(海风文学丛书 / 李东飞主编)
ISBN 978-7-5178-1357-6

Ⅰ. ①时… Ⅱ. ①李… Ⅲ. ①散文集－中国－当代 Ⅳ. ①I267

中国版本图书馆 CIP 数据核字(2015)第 256311 号

时光的背影
李 呆 著

出品人	鲍观明
策划编辑	郑 建
责任编辑	胡亚娟
封面设计	林朦朦
责任印制	包建辉
出版发行	浙江工商大学出版社 (杭州市教工路 198 号 邮政编码 310012) (E-mail:zjgsupress@163.com) (网址:http://www.zjgsupress.com) 电话:0571-88904980,88831806(传真)
排 版	杭州朝曦图文设计有限公司
印 刷	杭州五象印务有限公司
开 本	880mm×1230mm 1/32
印 张	6.75
字 数	175 千
版 印 次	2016 年 1 月第 1 版 2016 年 1 月第 1 次印刷
书 号	ISBN 978-7-5178-1357-6
定 价	21.00 元

浙江工商大学出版社营销部邮购电话 0571-88904970

海风文学丛书

总 序

1995年的春天，东海之滨的美丽小城温岭，吹来了一股清新的文学之风，一本名叫《海风》的文学杂志自此诞生。

风从东海来，带着春的暖意、海的气息、梦的诗情，在温岭文坛激起了一阵又一阵涟漪，留下了一个又一个故事。不知不觉中，《海风》已坚实地走过了21个年头，成为温岭创办时间最长、容量最大、影响最广的群众文化杂志，成为展示温岭文学创作成果、折射温岭文化建设成就的窗口。

摭彼芳草，显我英华。温岭的文学创作者们会聚在这片集结文学创作力量的精神高地上，一起咏志抒怀，交织出了温岭文学绚烂多姿的多元化天空，澎湃出了如野草般蓬勃的创作激流。从题材而言，他们或叩问历史，或沉醉自然，或寻找生活里被遮蔽的诗意，或解读社会中人生的底蕴……可谓百花齐放，各有风姿。从风格而言，他们或清新飘逸，或典雅庄重，或委婉顿挫，或慷慨旷达……亦是春兰秋菊，各擅胜场。而从整个历史文化的大背景来观照，他们的作品则往往呈现出一种难得的地域镜像和文化印记，自有一股山水灵气荡漾其中。

日月经天，江河行地，《海风》一路吹来，播下了一颗又一颗文学的种子，在温岭大地上生根、发芽、开花、结果，摇曳成一片又一片婀娜多姿的文化风景。21岁对于人生来说，正值朝气蓬勃的青春年华，21岁的《海风》亦是朝气蓬勃，充满活力。愿已过弱冠之年的《海风》随岁月的延伸更加展现风华，更加追求高远，为传播社会正能量、提升市民文化素质、滋养温岭独特的文化生态做出积极的贡献。

是为序。

温岭市委常委、宣传部长

陈珍萍

让时光留下一个永恒的真情背影

——李呆散文集《时光的背影》序

孙　侃

与剑峰(笔名李呆)兄相识也已有些年头。那时我在省作家协会负责创作研究,免不了关注省内各地作家的创作动态,便发现了日日谛听大海涛声,且又默默垦植文学,同时孜孜不倦地组织当地文学创作活动的剑峰兄。数十年的耕耘,剑峰兄在散文、随笔、戏剧等各个文学创作领域收获甚丰,出版了多部专著,编辑了厚可等身的文学刊物,还培养了众多文学新人。相识以后,尽管相聚对谈次数不多,但拜现代发达的电子通信所赐,加之文学观和人生观相近,彼此交流频繁,友情与日俱增:我们互相关切对方的创作进展即是明证。由此可以想见,在第一时间捧卷读到剑峰兄这部新著时,我那番抑制不住的欣喜。

然如剑峰兄在后记中所言,汇集于《时光的背影》这部散文集中的所有文章并非新作,而是写于 2009 年至 2010 年间,但在我看来,这些经过五年多时间淘洗的文字,依旧熠熠闪光,这恰恰说明了这些作品的价值,因为它忠实而艺术地描述了 20 世纪 70 年代的乡间生活场景,真切表达了作为亲历者的作者本人的浓浓真情,极具文学意义、史料意义和时代文本意义。美国著名博物学家约翰・巴勒斯有言:“时间,只是在我们度过了以后才变得神圣起来。”的确,如同美酒需要久藏,对于社会历史的真情诉说,这样的作品其生命力是永远的。

因为先前已在报刊上拜读了剑峰兄的不少文字，对他的作品内容和文风早有领略。这次有幸撰序，本以为再匆匆浏览一番、重温大概即可，岂知从第一辑第一篇读起，竟难以释手，一气读了下去，且细加品味，感慨再三。其中原委之一，当是剑峰兄的文字极接地气、朴实本真，更主要的是他的所忆所思、所悲所喜，与我早年的乡镇生活颇为神似，尤其是那些长辈族亲们的故事、乡间生活的趣闻轶事、农事经历，以及与农具器物的情感、童年时的温馨细节……几乎完全重合，仿佛是在读着自己的故事。从那个年代过来的人，读这样的作品，想必都会有这样的触动，像是被一根坚韧的绳索拉扯了一下，穿越到40年前的日子里盘桓流连。之所以会有如此强烈的感受，之所以如此不忍释卷，如上所述，那就是因为剑峰兄拥有一腔真情和娴熟的文笔，他在这一领域的创作愈趋于炉火纯青。

与剑峰热情、率直、耿介且又不乏细腻的个性相一致，他的文风向来踏实、质朴、内敛，摒弃假的，不玩虚的，连能使文章看起来更吸引人、更有趣的修饰、曲笔等技法都舍弃了，这种"老实"的写法于今已不多见，竟在这部散文集中得到了堪称典范的展示。当然，写法的"老实"并非刻板划一、陈腐老套的代名词，字里行间所洋溢的晓畅又独特、简约又深刻的特色自不待言，精心剪裁与谋篇布局亦与坚守写实的文风并行不悖。事实上，凭着我对散文及写作的理解，对剑峰兄作品的感悟，知道他对笔下的每一个字都锱铢必较，每一处细节都反复推敲，表面的随意清淡出自于极度用心的锤炼，这正是他的作品俘获人心的秘诀所在。文风运笔如此，全书篇章安排亦如此。打开这部散文集，那时的人和事、那时的田野和村庄、那时的欢欣和失落……扑面而来，物事庞杂、内容广泛，但全书庞而不散、杂而不乱，分明经过了缜密的选择和编排，比如特意把所有篇章分为既相对独立又浑然一体的五辑，相对独立是指每辑所叙内容各不相同，浑然一体是指各篇各辑又呈前后呼应、交织耦合之势，可谓拙中有术，暗藏机巧。

时光如箭矢，当你还以为能与之相融与之并肩，能细细享有，能长留于斯，它却已飞快地离你远去，只留下一个渐趋模糊的背影。品读剑峰兄这部作品集时，我不时陷于这样的喟叹之中。难道数十年光阴真已流走而不再回返，难道桃花依旧门扉已改人已杳然？人世间最让人不能接受的，就是韶华消逝、黑发渐灰，就是昔日的先辈亲朋再也无从寻觅。然而幸亏我们拥有文学，拥有对于文学的这份虔诚。饱蘸真情的篇章正是对往昔最有效、最妥帖的留驻。正是有了它，我们至少还能远远地瞥见时光的背影，还能把这背影牢牢地牵系于我们的内心，让自己的心灵拥有一份永恒的温暖记忆。

“感人心者，莫先乎情，莫始乎言，莫切乎声，莫深乎义。诗者：根情，苗言，华声，实义。”（白居易《与元九书》）人类在任何时候都不能漠视前方，也不能忘了过去，记录历史、吾手写吾心的文学作品永远是我们这个社会和时代的宝贵财富。在此，我要感谢剑峰兄为读者们提供了一次难得的回望、感受和沉思的机会，并为他丰厚的创作成果、极佳的创作状态感到由衷的高兴！期待着剑峰兄继续发力，取得新的文学建树。

是为序。

孙侃，已出版长篇报告文学、人物传记、散文集等专著近30部，浙江省文艺评论家协会理事，浙江省杂文学会副会长，中国作家协会会员。现在浙江省新闻出版广电局工作。

家乡有多远（代自序）

我所说的家乡，在这里，其实只是指一个村庄，甚至只是一个自然村，一个叫官塘岸的地方。

我生于家乡，生于村边河中的一条小船上。据说，那个时候，当干部的母亲挺着大肚子刚回到家，就出现分娩迹象，前幢的国治大伯连忙用小船载我母亲去河斜对面的小镇卫生所，结果船还没摇到，我就出来了。因此，我一出世应该就看到了家乡蔚蓝的天空，听到波浪拍击船舷的清响。

但我第一次有意识认得家乡，已经 9 岁了。

还记得那个午后，祖母带我进入这个村庄的情景：祖母与后幢阿婆面对面站着，话着重逢的喜悦，祖母在随后的日子里，与这位阿婆保持了终身的情谊；我则站立在旁边一堆“泥头灰”上，与一个小朋友玩起“打冲锋”的游戏，玩得不亦乐乎，满头大汗。

我之所以在 9 岁时才认识我的家乡，是因为父母当时同在离家乡十几里外的一个公社工作，祖母也跟随着带养我们三个孙子孙女。祖母在这样的“机关”生活，许多的不便是显而易见的，所以，当我们姐弟长到一定年龄时，就萌生了回家的念头并付诸行动。我现在想象，祖母在明晃晃的阳光下，迈入久别的村庄，是怎样的心情；但以我自己的经历，以后在父母处或者住校读书包括工作了，踏入家乡的土地时，感觉是那么亲切、兴奋和自由自在。

40 年过去了，但我对当初村子布局和人员情况记忆犹新，了然于胸。村边，那条南北走向的大河奔流而过，三个相隔相近、用石板搭起来的埠头，人们在这里洗涤、挑水和停靠小船，以及夏天我们纷纷跳入河中游泳……六七幢老屋坐北朝南，错落地排列着。

其实，我在家乡生活时间并不长。那次随祖母回到家，也转学在村里小学读书，应该是一年级下学期或者是二年级，但大约一年后，我又到外面读书，回到母亲工作地上学，随后因为母亲的调动而转学，完成小学、初中直到高中的学习。但每逢寒暑假或者星期天有时间的话就回到家乡，回到祖母身边。

还有"一大块"时间值得一提。1977 年 7 月初，高中毕业，我从学校扛着行李回到村里。我是班级里为数不多的令人羡慕的"吃国家定粮"的人，按正规来说，是城镇居民户口。这一年也是国家实行"知识青年"分为"支工""支农"的最后一年。因姐姐"支农"在先，我有幸列入"支工"行列，但什么时候有工作那是一个未知数，因此，这段日子叫"待业"，也对未来充满无限憧憬。在这个夏天，我做了一个编外农民。按母亲的要求，我去生产队插秧、割稻，接受贫下中农再教育。接着，种植家里的几块自留地，每到太阳偏西，就挑出家里的两只便桶，到池塘边舀来水，再挑到地里浇菜，种出来的菜一棵棵又大又沉，直到春节后回县城报到上班。这 8 个月的劳动让 18 岁的我身体加速发育，个子长高不少；我也从家里启程，真正地走上社会，走向外面的世界。

几乎是一眨眼间，我已步入中年。幸好，自己心里觉得还是"正当年"，对生活抱着热情，对未来充满希望；但在镜子前，又发觉头发稀疏了，花白了，不得不感叹岁月流逝。节节攀高的年龄，使人伤感甚至是恐惧，但增大的年龄又让我觉得是骄傲的资本，是沉甸甸的财富。

身处繁华城市，开始怀念家乡，回忆童年。那里有我的乡亲，有我儿时的玩伴；那里有我经历的点点滴滴，包括温馨的、伤心的，往事像水一样漫过整个身子，让自己沉浸其中。

那一片土地，更是我的根。尽管我的先人已经永远归于寂静，飘逝于时光的风中，但那里留有我先辈的脚印，弥漫着先辈的气息……我在心底里升腾起这个欲望，而且越来越强烈：我去寻找，我要探求。

家乡并不遥远，但在以前，小路只在田间和河岸逶迤，连自行车也骑得很勉强，只有汽船行驶，而且班次很少，在此情况下，我刚工作时，每个星期都往家里跑，而且是一下班就巴不得跑回家。现在，宽阔的道路、发达的交通，汽车可以直通屋檐下。但随着奶奶的去世，我便对家乡失去了方向，失去了目标，还有或这或那的事务缠身——奶奶去世15年了，我在家只住过两次，都是来去匆匆。

在这个秋日，我终于登上了开往家乡的公交车，行程三四十分钟，但这个行程，我却等了多年。这个昔日的江南水乡，宁静乡村，已经不见踪影，河面上架起大桥，居然找不到一分田地、一丛庄稼，矗立的全是房屋，有居住的，更有生产厂家。据说，村里本地人口两千，但外来人口仅登记在册的就已经远远超过这个数。站在自家门前，车来车往，人流滚滚，却没有一个我认识的，或者有人认识我，我顿觉自己很陌生，很孤单，甚至很渺小。

依照记忆和大致的位置，我试着寻访乡人。我见到了年已九十的阿婆，这阿婆本来就瘦小，现在更是瘦小，真正叫风烛残年了，她见到我很高兴，咧着干瘪的嘴，我说起小时在她家玩的事儿。我见到了患癌症已经二十多年的大伯，听他讲述人生经历。而面对围拢上来的年轻人我却一个也不认得；好多人先后离开了这个世界，其中有通过打拼富起来的，有一生辛劳贫穷的……

三十多年前，在我即将到县城上班时，请前幢的木匠，为我打了一个床前橱。木匠在床前橱上刻了一只飞翔的鸟，旁边一位阿婆笑吟吟地对我说：你真的要飞了。这个床前橱以后我真的带到厂集体宿舍，但床前橱太狭窄了，写字连胳膊也放不下，就用一根木条支撑起一小块的人造板，人造板一边钉在床前橱一边，这样加宽后，便于学习。这个床前橱至今还保留着。

飞翔的鸟终究要飞回来，要栖息在窝的。但我能否回家，我真是疑惑和惶恐。

目　录

第二辑

第三辑

第四辑

第五辑

第一辑

逮油草

尽管春寒料峭，但天空明亮起来，在田野里、菜园子里，或者在屋后的石缝里，油草伸出了脑袋，长出了个儿，嫩嫩的，绿绿的，闪着光亮，似乎在告诉人们：春天到了。

逮油草，是我们儿时的劳动，也是游戏。

几乎每家都养有一头猪，养猪也几乎是当时农民唯一的副业。养猪踩踏起来的稻草，俗称“猪烂”交给生产队，施到田里作为肥料。上图画课时，老师就用粉笔在黑板上画了一头猪，相当于简笔画，叫我们在图画簿上学着画，画的旁边竖写着“猪多肥多，促进粮多”。由于写的是美术字，开始我们高声读“猪罗肥罗，促进粮罗”，让老师一声叱喝。养出来的猪，一是农民摇着小船上交小镇供销社，一般农民把猪养到够得上“指标”（应该是110斤）就上交，因为眼巴巴地看着卖猪换钱用；二是请来当地杀猪人（屠夫的俗称）到家来杀猪，那可以留一些内脏，包括猪血，请亲朋好友包括杀猪人，一起欢天喜地地吃一餐“猪肉糕”。

喂猪的就是家里每顿洗碗刷锅下来的泔水拌上米糠，还有就是菜叶和野草了。我家也许是村里唯一没有养猪的，但我奶奶曾经养过两只长毛兔，每过一段时间，就剪下兔毛，送到小镇上的供销社卖了，以贴补家用。所以，我也逮过油草。

小伙伴们提着草篰、竹篮、筲箕等，边逮油草，边撒得欢，到各有了一些油草的时候，就会玩起“来油草”的游戏。“来油草”就是赌油草，方式有多种，比如，“拔长拔短”，一方手里握着长短不一的树枝、稻秆或者就是油草，抽到短的就得把油草输给长的，至于多少油草，那得事先约定。也有滚铜板“来油草”的。

赢了的，自然兴高采烈，提着那份意外之财回家了；输了的挺失落地低着头跟着回家，或者空着篮子回家不好交账，留在田头继续逮油草。

关田了

风逐渐柔和起来，大地也湿润起来。那我很久以后才知道学名叫紫云英，农民叫作“花草”的植物，铺满了整个田畈，绿油油的，开着紫色的花，散发着清新的气息，连蜜蜂都赶来围着“嗡嗡”地叫，我们躺下去会不见身影。

春耕到了。农民挥动着大铡刀把“花草”拦腰斩断，再有人牵着牛，提着犁来了。牛套着轭，甩着尾巴，迈着坚实的脚步向前，那犁掀开一道道黑色泥土，把花草翻了个身，埋下当作肥料了。我们跟着牛跑，会发现圆圆的润润的小洞里有冬眠刚醒来的青蛙。

河边埠头边，架着一部水车。这水车中有一个长长的木匣子架在水里，水车两旁竖立着两根柱子，柱子上方横着一根竹杠，往往二到四个农民身子伏在竹杠上，说着话，脚踩在车槌上，带动那木匣子里长龙似的木板叶子循环滚动，水就哗哗地流进田里。

在中午或者晚上，水车空着的时候，我们小孩也会爬上水车学着大人样子车水，水车启动了，水还没有车上来，但往往脚步跟不上转动的车槌，身子就会从前边掉下来，而手还会拉着竹杠，这有一个“专用”名词，叫“钓鳗”。

车上来的水，漫过那牛犁起来的一垄垄泥土，农民再用类似于猪八戒的耙子，来耙平。农民三五成群站立在水中，推动着耙子，累了，往手掌里吐一口唾沫，继续干活。

晚上，行走在村前屋边，或者驻足凝望，被耙平的田里只是偶尔露出一些花草的茎叶，已是水汪汪一片，呼吸到的全是清新的气息，风吹来，肌肤感觉到凉爽的味道。

不同生产队的农民在路上碰到，就会有问答响起："关田了？""关田了。"他们在憧憬着新一年的收成。

放鱼缸

割了麦，耕了田，插下秧，气温也渐渐地升高。

这样就走进初夏，淅淅沥沥的雨也就下了起来，有时候会猛然响起几个炸雷，田野里烟雾笼罩，一片白茫茫，屋檐哗哗地流淌下水，连屋里都是潮湿的。

于是开始“放鱼缸”。所谓的放鱼缸，就是由于下着雨，田里水位上升，那自然得放水，放水的叫“田缺头”，就是一丘田靠河里的地方打开的一个缺口。这缺口其实是固定的，只是平时堵着，需要放水时挖开。尽管下雨河水升高了，但田缺头与河面总还有半米、一米的高度，在那水哗哗地流入河中的旁边，用泥筑起一个圆形的“缸”，并把“缸沿”抹得光光的，里面放上水，并在上面插上几根带着叶子的树枝，作为掩饰。河里的鱼听到水声会逆流而上，这“逆流而上”是书面语，我们土话叫“斗水”，大概就类似于“鲤鱼跳龙门”，结果没有跳上田里的鱼就落入了“鱼缸”里。在我当时的年龄，不但没有能力和水平“放鱼缸”，更没有权利涉及农业生产的放田水这样的大事。这些都是已经在生产队劳动了的年轻人或者中年人才能干的。但我时常饶有兴趣地看着他们做鱼缸，很好奇跟着他们察看鱼缸的情形。

放鱼缸要选择僻静的地方，听说人来人往的地方鱼不会“上钩”，所以即使去察看，也是轻轻地走过去，伸长脖子看看河岸下的鱼缸。这个时候，大人还会穿着蓑衣或戴着笠帽什么的，而我们看热闹的小孩却往往光着头，淋得像落汤鸡似的，但乐此不疲。

收成就不好说了，有时候去，鱼缸里还是空空的，只见“田缺头”的水如小瀑布流入河中，那流水声响在寂静的田野里；有时候，枝叶掩盖下的鱼缸里，躺着稠密的鲫鱼，于是，连忙跳下去，把鱼抓进带去的木桶或者竹篓里，喜滋滋地满载而归。

当然，也有“跳龙门”成功的鱼，我们时常在雨后看到田里秧间游弋的鲫鱼，于是，就跳到田里追赶抓捕。更惊奇的是，前幢年长我五六岁的春生，雨中走在田埂上，看见田里游着一条巨无霸的鱼，就跳下田里追赶，并奋力扛着回家。“春生从田里捉到一条比娃娃还要大的鱼”的消息，在村里传开了，我也冒雨赶到春生家，只见在他家的堂间民间称为“长桶”的大木桶上，躺着一条肥大的鲤鱼，头尾还没有全放下呢，足有十几斤重，人们还在啧啧惊奇春生是如何扛回家的。

鱼跳入鱼缸和游到田里，听说，是因为这个季节鱼怀孕了，所以“斗水”上去，要“放子”，术语应该叫排卵，被人们摸出规律，放起鱼缸来，结果，没跳上去的落在鱼缸里，跳上去的游在田里。

捉黄鳝

秧苗插上，就开始捉黄鳝了。

捉黄鳝有多种方法。一种是用黄鳝笼。这黄鳝笼是竹篾编的，粗如手臂，形状一种是1字形的，一种是L字形的。1字形的两端进口，L字形的三头都有进口，相当于现在说的“组合型”，这进口就是一个盖子。从竹林里折来竹枝，竹枝上串进蚯蚓，把竹枝放到笼子里，竹枝的一端放在口边，合上盖子就固定住了。傍晚，把竹笼放到水田里、水沟里，甚至是池塘里，为了便于第二天找回来，竹笼都系着一根线，线的另外一端又系着一根木棒，把竹笼放到水里时，就把木棒插到田边或岸上。夜里黄鳝出来活动，会看见竹笼里的蚯蚓，听说蚯蚓在黑暗处会发光，这黄鳝就顺着竹篾进口爬进去吃，但一旦爬进去，就爬不出来了，因为这盖子里面编的竹篾俗称“倒刺”。

第二天一大早，睡眼蒙眬迈着晃悠的脚步，清风吹来会清醒很多，依照记忆，在昨晚放黄鳝笼的地方，先找到木棒，再提起线，那黄鳝笼就拉出来了，然后用手晃一晃黄鳝笼或者通过盖子的小口张望，判断里面有黄鳝时，就打开盖子，把黄鳝倒进带来的竹篓或者桶子里，又去寻找下一个放黄鳝笼的地方。

还有一种方法是用竹夹子直接捉黄鳝。

傍晚，孩童们早早地吃了家里特地早开的晚饭，就提着竹箩出发了，竹箩里装满穿插着蚯蚓的竹枝。他们结伴向田野里跑去，有的还摇着小船到几里外的渭渚、河湾上，趁着天未黑，把竹枝竖插在田里，或者横插在田埂上，整个儿没在田水里。

夜幕降临了，他们再次出现，这个时候，“装备”又不一样了，而且一般是两人搭档，基本上是“上阵亲兄弟”，但也有“打仗父子兵”的，还有跨越血缘关系组合起来的。一个人在前面挑着一盏灯，那是一块小木板上放着一盏煤油灯，罩着玻璃罩用来防风，但更多的是用塑料布围着的，从木板上穿上两根铁丝，铁丝上端系着一根竹棒。那点点灯火在田野移动，成为一道独特的风景。一人紧握着竹夹，尾随其后。这竹夹剪刀形，一二尺长，前截制成锯齿状的。

两人弓着腰小心翼翼地走着，以免惊动了黄鳝。这串在竹枝上的蚯蚓就相当于诱饵，夜晚，黄鳝会出来猎食。寻找到插着的竹枝，灯盏会在四周慢慢移动，昏黄的灯光下，两人睁大眼睛，一旦发现黄鳝，前面提灯的就停住了，后面的人拿着竹夹往水里一伸一夹，一条黄鳝被拦腰夹住，提出水面，尽管黄鳝拼命地伸缩挣扎，还是被轻易地放进了竹篓……这个时候，心里很激动，但又忍住不敢发出太大的响声。

每晚，要巡回三次。遇到情况好，一晚居然能获得好几斤。他们把捉来的黄鳝养在缸里或木桶里。秧苗长高了，长稠密了，那捉黄鳝的事也结束了。等到集市日把黄鳝拿去卖掉，卖得的钱缴学费、裁布做衣，也有的被父母哄去买油买盐。他们也会把一部分黄鳝留在家杀了吃，那随着饭勺、锅底的响声，喷香的气味弥漫着屋前宅后，全家都可美美吃上一餐，宣告着一个捕黄鳝季节的结束。

晒　谷

男人在田里劳作，妇女在家把男人收割来的稻谷晒干。每个生产队都有几间仓库，仓库前面是晒谷场。20 世纪 70 年代中期，村里的生产队仓库相继翻建为平房石板屋，一般是三间，至于之前仓库的模样，我已经没有记忆了。

生产队里男人的领导叫生产队长，妇女的领导则叫仓库保管员。

妇女晒谷分为晒谷、翻谷和收谷。晒谷，是指早晨，太阳出来时，妇女们用竹箩扛，用畚斗掖，把仓库里的湿谷搬出来晒。晒场用水泥浇起来的很少，大多是在泥地上摊开竹席，先把稻谷成堆地倒在上面，再用谷耙把稻谷均匀地摊开。翻谷是到中午或者午后，太阳正猛时，把晒着的稻谷用谷耙搓翻一下，就是翻个个儿继续晒。收谷，傍晚把晒干的稻谷收拾起来，运回仓库里。

保管员掌管着仓库的钥匙，每天得第一个到达，判断当天天气晴朗后，开始召集妇女，而同一个生产队里的妇女则分为两班或三班，一天轮流到一班。在每个时段，保管员站在生产队仓库晒场上，放开嗓子，大叫："晒谷哦——晒谷哦——""翻谷哦——翻谷哦——""收谷哦——收谷哦——"晒谷的妇女会闻声而来，如果大部分到齐了，还有个别没来，保管员接着就指名道姓叫喊了，"彩玲，晒谷——""菊花娘，翻谷哦……"

傍晚，收了谷后，夕阳下，妇女们会坐在晒场上，保管员开始记工分。先由各个妇女把自己当天的劳动做个小结，再大家来评定工分。

比如，某某今天做得特别多的，要加点工分；某某在某次迟到了，扣掉一些工分。最后，保管员拿起一个叫“谷印”的木匣子，往堆积起来的稻谷上“盖章”，是用来防盗的。木匣子里放着石灰，底下的木板是镂空的，刻着某个字或者图案，铺着一层薄纱，每往稻谷上一按，金黄色的稻谷上出现白色的字或图案。“谷印”上面有提手的盖是可以活动的，当里面的石灰盖完了后，拉开上面的盖子，倒进石灰，合上盖子后继续使用。如果稻谷上盖的“章”有变动的痕迹或者没有了，那就表明这堆谷被人动过了。

打炒米

准备过年了，打炒米的也挑着担子进村了，吆喝着"打炒米哦，打炒米哦……"孩子们见到，乐颠颠地跑进家，高嚷着，要父母打炒米。于是，有大人叫住打炒米的，问好价格。这样，打炒米的在屋前的空地上放下担子，摆起行当来，一头是风箱，一头是一个小炉，上面架着一个类似炮弹的打炒米机。逐渐地打炒米的越来越多，各家提着斤把米和一堆木柴，排起队来。打炒米的打开炒米机盖子，将米和一包糖精倒入，放入糖精，可使打出的炒米有甜味。接着扣紧盖子，把炒米机横架在生好火的炉子上。打炒米的一手拉着风箱，一手捏着炉膛上的炒米机的把手摇转着，还时而停住拉风箱的手，往炉膛里添木柴。我们小孩子围着看热闹，有家里要打炒米的则巴不得马上轮到。

这炒米机上安着一个小仪表，打炒米的人会时常停住手，看一看，当压力升到某一程度时，就停住摇动，把炒米机从炉膛里移出来，口子对着一个大麻袋，这个时候，我们小孩子既恐惧又兴奋，但又忍不住要观看，就捂住耳朵，缩着头，把身体绷得紧紧的。打炒米的一脚踩在炒米机上，一手拿来一根小铁管，套住炒米机盖子上的把手，使劲一掰，随着巨大的一声"轰"和一阵烟雾，炒米机里的炒米往麻袋里喷发。炒米的主人连忙拿来大畚斗，打炒米的提起麻袋往畚斗上倾倒，把畚斗装得满满的，接着还要为主人把落在地上的少许炒米打扫去。主人付几分钱的加工费，拿起剩余的木柴高高兴兴回家了。

这拿到家里的炒米会马上装入小口的缸里，装在缸里就不会受潮。

炒米除了刚打出来给孩子尝尝鲜外，家长就会管起来，到过年才拿出来，给孩子吃，或给来拜岁的亲戚孩子吃。

关于打炒米，当时流传着一个故事，现在应该称为“段子”。美国总统尼克松访问中国时，在街头看到打炒米，对装入一把米而打出这么多炒米大为惊奇，就问周恩来总理：这是什么东西？周总理机智地回答：这是我们中国的粮食膨胀器。这下，尼克松大为感叹：怪不得中国有这么多人还有饭吃，原来有这个粮食膨胀器。

过 年

农历年底，学生放假了，小伙伴们聚在一起，盼望着过年，天天在叨念：廿四掸蓬壅，廿五赶长工，廿六杀大猪，廿七赶度市……

终于迎来过年了。大年初一，家家门前贴着春联，一大早，人人穿着新衣服出来了。其实那所谓的新衣服，有的是穿了好几年的“出客衣”，就是平时不穿，轮到过年过节走亲访友才穿的衣服，反正这一天，人们一定是穿上自己最好的衣服，成为别样的风景，洋溢着喜气洋洋的节日气氛。

几里外的小镇，成为人们特别是小孩子奔赴的地方。这个时候，小孩子口袋里或多或少都有压岁钱，有几分的，有一两角的，供自己“挥霍”和享受。那小镇的街头，那个老头每年总是摆出那“西洋镜”——五六个尺把长、足有手臂粗的纸板筒，只要付几分钱，就可以拿起一个，眯上一只眼，一只眼往纸板筒里瞧，两手转动纸板筒，纸板筒里就会变幻出各种颜色和图案。小镇上还有气球卖，那些红红绿绿的气球，系着一根小竹管，鼓起腮帮拼命往里吹，气球逐渐膨胀，有拳头大，还有碗口大的，停止吹气后，那气球的气往外排，还会发出鸣叫声，那是小竹管上箍着一片薄薄的橡皮。还有鞭炮卖，那些只有半根牙签长、但有两根牙签粗的小鞭炮，这种叫拉炮，拉炮两头各有一小截线，只要两头一拉，鞭炮就炸响了；还有一种是掼炮，使劲往脚前一掼，就开花了。于是，街头，路上，屋前屋后，到处是鸣放声。

过年，也终于有好吃的了，口袋里放满炒米，手里拿着甘蔗，到处跑得欢。还有年糕、粽子……小孩子喜欢捧着饭碗出来吃，边吃边说着话，有的甚至从这幢屋走到另外一幢屋，碗里的汤年糕，有了油星，这对他们来说是过年才有的待遇。

初一至初三，在家尽情玩个痛快，初四开始，小孩子则要跟着大人开始对外活动了，那就是拜岁。亲戚之间，平时可以不在乎多来往还是少来往，甚至不走动，但过年拜岁是一定要去的。如果亲戚之间有一年不拜岁了，就意味着这两家亲戚之间“断了”，也就是说从此断绝往来，两家亲戚之间没有关系了。

拜岁也是有规则的，那就是小的要先到大的家拜岁，比如，女婿要先到岳父家，岳父岳母不在世了，要到娘舅家；姨丈之间，小姨丈要先到大姨丈家。之后，岳父和娘舅要回转到女婿和姐夫、妹夫家，大姨丈要回转到小姨丈家。去拜岁不能空着手去，要有“捏手”，那就是说手里要提着礼物。一般是一手捏两根捆在一起的甘蔗，一手提着“包头”——一方包袱裹着一两个包头，那包头是用粗粗的草纸方方正正地包着，里面很少有干的桂圆、荔枝等稀缺营养品，如果是饼干，那也是有面子的了，有的是番薯丝，甚至是“树婆”，学名叫松果，那是不能吃用来烧火的。但这没关系，这些包头只是用来“捏手”而已，反正会原封不动提回来的。

拜岁最迟到正月十五为止，如果在这之后，还在拜岁，那是要被人笑话的。有句俗语叫，拜岁拜到月半后，不像乌龟不像狗。

吃“八大碗”

八大碗，那是待客的最高规格；从另外一个角度来说，吃八大碗，那就是最大的享受了。

因此，当八大碗在逐渐或者已经退出生活时，人们还是以“八大碗给你吃”作为口头禅，表示礼待客人。

在当时，能吃上八大碗，是在喜宴上。当然，不会有文绉绉的“喜宴”这个词语，叫的是“日子酒”，甚至就是“吃酒”。

当有一家给儿娶媳妇或者嫁囡时，就操办起一生中仅有的几次轰轰烈烈的大事，叫上关系比较好的邻里数人，叫作“帮厨”，具体办理婚宴事务。比如，在屋前或屋后搭起临时简易的灶台，并用晒稻谷的竹席架在上面，以遮阳或防雨；到专门出租宴席用具的人家里，挑着盆碗盏箸等回来；向前后几幢屋的邻居借上桌凳，在桌凳的背面写上主人的姓名，并扛来摆好；挑着担子，跟着主人上街买菜，回来后还要洗理，在厨师的指导下，做好前期的切、剪……

吃喜宴的除了赶来的亲戚，就是当地的邻居，一般一家请一人，但血缘关系比较近的会全家参加。一碰到要吃喜宴，在前一餐或者更早，人们就开始节食了，特别是小孩子会把这想法和做法喊出来，大人做得比较隐蔽一些。这一是为空出肚子来吃八大碗，二是自家可以省出一些粮食，吃喜宴反正送了人情，不吃白不吃。吃喜宴是要送“人情”的，所谓“人情”就是礼金，用红纸包上钱，一般是一二元钱。

喜宴分为“接力”和“正厨”两餐。“接力”就是“正厨”之前的“预热”,“正厨”才是正式的,可以吃上八大碗。但不管是吃“接力”还是吃“正厨”,喜宴的主人都得撒开双腿,一幢一幢屋、一家一家挨过去请,而且都得跑两三趟。第一趟请后,吃酒的人是不会就出来的,这就好像只是接到开会的“预备通知”,第二趟再来请时,喝酒的人才会出来,如果其中没有碰到的,有遗漏,比如,出去串门了,或者到菜园了,在开宴时,主人得跑第三趟。就曾经出现过这样的事,前一幢有一家娶儿媳妇,与我家同住一幢屋的妇女“人情”也送了,“接力”也去吃了,“正厨”的“预备通知”也接到了,但在主人“正式”来请吃“正厨”时,她刚好不在家里,理应主人得第三趟来请,结果,主人一忙,忘了。应去吃酒的妇女回到家,也得知主人曾经来过,接着也知道“正厨”开始吃了,但就是没去。这不是生气或者叫刁难,这是规矩,也就是说你没有“正式”来请我去吃“正厨”,我怎么能好意思去呢?但第二天,当那家喜宴结束了,妇女就开始传出话来,把事情原委说了,重要的一点是“那正厨我是没有去吃的”。自然这话很快传到了办喜事的主人耳朵里,主人赶紧送还“人情”,并道歉。

吃“接力”就是先吃些点心:四个冷碟,一大碗绿豆面烧青菜,再是几盆切成一片一片的年糕,作为主食。这个时候,人们也是学得蛮乖的:不多吃。因为一两个小时后,就是“正厨”了,那才是八大碗。

期待中的“正厨”终于开场。一张张借来的四方桌,就在屋檐下排开,天气晴朗的话,就会摆到门前的空地上。吃“接力”比较轻松自如,可以轮流吃,错开吃,就是说客人可以先到先吃,同一张桌可能会接待两班、三班人吃“接力”。但吃“正厨”就不一样了,得同时开始。每张桌坐八个人,上面摆放着一个加满黄酒的镴酒壶,每个位置面前放着一个小酒盅。喜宴开始了,“八大碗”一碗一碗地端上来,那是帮厨两人搭配,一个端着大大的木盆,木盆里面放着一碗碗菜,朝每桌走去,另一个把菜端到桌上。

大人特别是老人坐成的一桌,召唤一声,吃一口菜,呷一口酒,放一下箸，这是他们的礼仪。但小孩子往往不愿意与他们坐在一起，太拘束了，太不尽兴，往往自行拼成一桌，当帮厨用木盆把菜端到桌前，另外一个帮厨还没有把菜端出来时，旁边的小孩子就把箸伸到碗里抢了。

这八大碗是：笋干、豆芽、豆腐、蛏子、芋头、肉皮胶烧芹菜、绿豆面（上面一小撮猪大肠，臊味很重的），最吸引人的是那碗大块红烧肉。

钢笔事件

小学在村中心，它三面环水，河边高耸着几棵大樟树。南边是一道青砖砌的高墙，外面就是水田，东边是一座石桥，石桥边有一个古老的台门，这就是我们进出的唯一通道。

站在我家门口向前望去便是学校，我家与学校基本呈平行线，近到上课铃响起来，可以急匆匆跑去上课。

小学五年，我竟然读过三所小学，转过四次学，其中一所还是“二进宫”，除了家乡这所小学外，就是随着当公社干部的母亲的调动而转学。推算了一下，我在家乡这所小学上过一年左右，应该是在二年级，即1969年前后。

这所学校不管在我们小孩还是大人口里，是喊为“学堂”的，不会像现在文绉绉地称为“村小”或者“小学”之类。

学堂里飘荡的歌声至今还在耳边萦绕。那时，“打倒美帝！打倒苏修！打倒各国反动派！”“解放台湾”的口号喊得惊天动地，我们昂首挺胸地高歌《七亿人民七亿兵》：“七亿人民七亿兵，万里江山万里营，提高警惕保卫祖国，我们是共和国的钢铁长城……”当时农业是最大的产业，也最为重视。所以有一首在春天时节天天唱的歌，那就是毛主席的语录歌：“目前正当春耕时节，希望一切解放区的领导同志，工作人员人民群众，不失时机地掌握生产环节，取得比去年更大的成绩。”歌声和窗外田野上农民忙碌的景象连接在一起。

曾经发生过一起失窃事件，一个学生放在书包里的钢笔不见了。

当时一支钢笔，只有家庭有“背景”的人才会拥有。失主是一个女学生，她的妈妈是医生。老师如临大敌，放下课不上，连续数天在讲台上大讲“公安局”“指纹”“破案”，讲得庄严肃穆，扣人心弦。当然，我们也可以想象，那个当事人（拿别人钢笔的人）更是胆战心惊，惶惶不可终日。在这种持续高压下，那支钢笔最终重新出现，而且按老师的提示，不用直接交到老师手里，是出现在那个丢失钢笔同学的课桌里。这事也算是完美结局：钢笔重新回来，又给当事人一个面子。

打乒乓

听说这学堂是由祠堂改成的，那么，这礼堂应该是原来祠堂的“正厅”或者叫“正堂”，在这礼堂里，我们各个班级的学生带着板凳到这里坐在一起，听老师讲话，这也叫开大会吧。

这礼堂屋顶上悬挂着一个钢质的铃，系着铃槌的一根缆索通到旁边的老师办公室里，上下课，老师就拉起绳索，那铃槌就会撞击钢铃的边沿，“轰轰……”的洪亮声音响彻在校园里，同学们就会蜂拥似的冲进教室或者涌出教室。

礼堂里摆着一张乒乓桌，这乒乓桌可用满目疮痍、体无完肤来形容。

放假时间，叫上伙伴跑到学堂打上一次乒乓球，那是一次快乐又奢侈的活动。我们的拍子是木板锯的，一只乒乓球需要七分钱，不是想有就有。打乒乓时常会不小心踩上乒乓球，如果只是凹进去了，就把它放在盛有热水的热水瓶口，凹进去的部位朝内，那凹进去的就会被吸出来；如果踩出了裂纹或者是老化产生破裂，还会找来橡皮胶粘上去继续打，但这乒乓球的弹性就差多了，特别是粘贴着橡皮胶的一边落在桌面上，就几乎跳不起来。而乒乓桌中间的，只用砖头排列着，或者两边各放一块砖头或者石头，再架上一根竹竿或木棍。

打球中，双方会互相采取吊球的战术，即把乒乓球轻轻地一挑，尽量落在横档的旁边，由于个子小，对方够不到球，这时候，就会一骨碌地爬上桌面，把乒乓球挡过去，再迅速地退下来，摆好原来的姿势，以备对方抽杀过来猝不及防。

如此生动的情景还在眼前闪现。

放电影

20世纪70年代中期，我们公社有了自己的放映队，放映机是那种8.75mm的小型机。这样，大队放映电影的机会就大大地增加。我百度检索了一下“8.75毫米电影”条目：“一种中国独有的窄胶片电影。系1965年经文化部审定批准的影片规格。这种影片耗片量为35毫米影片耗片量的1/16，放映设备轻便，运输方便，拷贝与放映机价格均较低廉，是为偏僻的农村、山区、边远地区、海岛及其他交通不便地区的人民看电影而专门设计的片型。其中8.75毫米指的是拷贝尺寸也就是胶片的规格。”直观地说，放映电影的胶片，不足1厘米宽。

放电影的当天下午，大队会派人用小船把发电机和放映机载到学堂。发电机抬到岸上，放映机摆放到学堂操场中间的乒乓桌的上面，竖立的两根竹竿上拉起幕布，犹如一个盛大的节日就要来到。小孩子就开始围着他们转，蹦啊跳啊。这天，不但对于整个大队，而且对于相邻的大队来说，都是一件大事，一件欢快无比的事。晚饭为此早早地烧好，早早地吃了，早早地收拾停当，阿公阿婆大叔大婶等会相互呼应，拿着板凳，走向学堂，而孩子们则更早地跑去疯玩了。

说是放映队，其实也就是两个人，一个是管那台小型发电机的，一个是管放映的。管发电机的身材瘦高，姓名已经忘记了；放映电影的矮小个儿，叫蔡林生(音)。他们是退伍军人，在那个时候，有什么“工作”安排，退伍军人是优先考虑的，还有“家庭困难”更是过硬的条件。管发电机的相对轻闲，只要那台放在岸边的发电机“轰轰”地响了，一般不会出故障，那根套着橡皮的电线通向操场中心的放映机旁，所以他大多悠闲地挺立在一旁。而蔡林生就忙碌得多了，特别是放映机出了故障的时候。故障大多出在中途，有时候也会一开始就捣鼓不出电影来，这时候，他口里含着手电筒照着，手忙脚乱，满头大汗。如果，烧片了，断片了，这还好排除，最要命的是找不出原因，那就更紧张了，要知道操场上有多少人在望眼欲穿。如果等得太久了，就会发生“打油浪”事件。所谓“打油浪”，就是观众等得发急了，在本来就拥挤的人群中，互相推搡，形成人浪，不但会造成观众自身踩踏事件发生，而且有可能推倒放映台。

放映中还有一个富有特色的地方，那就是蔡林生要给电影“配音”，十几年前，我曾经写过一篇散文，叫《难忘“配音电影”》，说的是，电影放映中，放映员会拿着话筒，用当地土话，同步讲解故事情节，同步“翻译”剧中人物的对白……

剥蔗叶

一场夏雨后，我举着锄头在松软的菜园里种“甘蔗种”。那“甘蔗种”是奶奶托人从集市上买来的，一段一段尺把长的甘蔗，各个关节上都长出了几寸长的嫩芽。种“甘蔗种”，先用锄头挖出一个坑，再把“甘蔗种”平躺着放下，长出嫩芽的朝上，最后掩上土就可以了。种的“甘蔗种”在横向和纵向上，要掌握好间隔，这个与插秧是一样的。

那个时候，田是生产队的，而每家拥有少量的地，也就是所说的自留地。自留地上种菜种豆，成为农民饭桌上菜肴的主要来源。还有各家都会种甘蔗，一般是供自家孩子解解馋，随着甘蔗的生长，边斫边吃，甘蔗季节过去了，菜园里的甘蔗也没了，我家就属于这种情况。但也有种得较多的，除了当初吃了外，在收成后，把甘蔗打成一捆一捆的，埋到田头，到年底挖出来，在春节吃、送亲戚，或者运到集市上卖。

进入秋天，那自留地里的甘蔗也越长越高了，天空纯净高远，凉爽的秋风吹来，甘蔗林摇曳起伏，就有犹如流动着蜜一样的感觉。

甘蔗生长时节，每过一段时间，要把甘蔗下面的叶子剥了，这样甘蔗长得粗，长得快。干这活，我换上又旧又厚的长袖衣服，用来保护身体，因为甘蔗叶子的边沿很锋利。我钻进甘蔗里，把一株株甘蔗下端的叶子剥下，扎成一束束的，扔出，每次结束后，再拖到自家屋前晒干，用来烧饭。

剥甘蔗叶，有点辛苦，一不小心手掌和手背会划出口子，但剥甘蔗叶又特别有滋味，钻在甘蔗下，如果不发出响声，有人就是从旁边走过，也不会发觉，同时，躲在甘蔗下，会闻到土地和甘蔗发出的清新气息，还有一大好处是有甘蔗吃。

因为在剥甘蔗叶时，还要把每窝甘蔗中的那些长得细，长得弯，认为没有培养前途，又会影响其他甘蔗成长的甘蔗，折断，咬着先撕了皮，再嚼着吃了。所以这吃不是偷偷地吃，而是吃得很合理的，很冠冕堂皇的，是剥甘蔗叶的“附加”。因此，时常是剥一会儿甘蔗叶，接着就坐在甘蔗下，咬着甘蔗吃。所以，干这个活，虽然累，但还是有吸引力的。有时候因吃的甘蔗太多，人走动时，都感觉那果汁在肚子里荡漾。

文艺宣传队

学堂里紧挨着房子一端的是一个戏台，戏台外层石砌内部土夯，很结实。说到戏台，离不开“大队文艺宣传队”。

每年底，学堂里每晚是锣鼓喧天，在煤油灯和蜡烛的光亮下，礼堂和教室里，同时有数个场地在排练节目，围满了看热闹的人，孩子特别多。这似乎是一个自发的活动，没有上级组织，没有任何报酬，骨干分子就是我姐姐这一批人，年龄最大和最官方的，就是李友宗老师，他是学堂里的民办或者是代课老师。李友宗老师细小白净，性格柔和内向，说话轻声细语，对学生很耐心，家就在离学堂门口不远。在这支文艺宣传队中，他不但年龄最大，而且需要每晚来打开办公室和教室的门。参加排练的往往是一家来了一个，兄弟姐妹都会跟着来看热闹，看着看着，也就会演上了。节目有三句半、相声、诗歌朗诵和小组唱等，而最拿手或者最有名气的是时常上演“抓特务”的小戏。我就参演过三句半、相声和双簧等，感觉挺过瘾的。

我们每天晚上排练到夜深，顶着寒风，踏着月光回家，但都是兴致勃勃，热火朝天。其中有一次，大家激愤起来：大队对文宣队不重视。在大家的撺掇下，李友宗铺开纸，拿起毛笔，大家你一言我一语，把文章做下去。就这样，写出了一张大字报，李友宗第一个签下了姓名，我姐姐“这一茬”的都相继签下了姓名。而没有人叫我签，我想主要是我不够格：年龄小，在外面读书。大字报墨汁未干，大家就提着灯，把大字报贴到校门口对面房子的墙壁上。这张大字报总的意思是：春节将近，而节目还没有排练好，表达了心里的焦虑，主要是炮轰大队干部，还不重视起来。

春节里上演的那场戏，是一场欢乐的盛会。有白天上演的，也有晚上上演的，如果晚上演出，那就得向外地借来汽灯，那“滋滋”作响的汽灯，把戏台照亮，成为全村包括附近农民的盛事。

名 字

小伙伴嬉戏、游玩，免不了会起争执，甚至打架。自感吃亏的一方，会使出撒手锏，那就是喊对方父亲的名字，以此来泄愤和还击。于是，时常会出现这样的场景，一个男孩（有时候也有女孩）梗着脖子，歪着头，有时候是已经泪流满面，哭哭啼啼，使劲地喊着，比如："国保，国保……"或者："歪妹，歪妹……"

父亲的名字那是神圣不可侵犯的，对方会觉得受到莫大的羞辱，气得咬牙切齿，捏紧拳头，有的为了捍卫自己和父亲的尊严，会不顾一切地冲上去，这时候或者被人拉扯住，或者就爆发一场大战。

比叫父亲名字还"升级"的，是叫对方长辈的绰号。比如，"水蛇、水蛇""黄蟒蛇、黄蟒蛇"使劲地叫着，叫得特别响亮，似乎真的像抓住了蛇的七寸似的。

我的前幢有三户人家，那是三个亲兄弟，这三户人家下面共有十几个孩子，与我的年龄相仿，他们的爷爷奶奶死得早，我们从来没有见过，但他们的爷爷留下"独角龙"的绰号，成为孩子们攻击他们的武器。事情的起因也许只是一个人，但每当有人喊着"独角龙、独角龙"时，这十几个堂兄弟堂姐妹会闻风而动，倾巢而出，联合抗击，因为，爷爷是共同的，当然这"独角龙"的绰号也是共有的。

这是对长辈的，在小伙伴间也有名字的故事。就是在小伙伴间进行男女配对，现在想起来，这十来岁的孩子，也并不是完全"乱点鸳鸯谱"和凭空捏造，其实也考虑了男女之间的亲近程度、年龄差异、居住远近、长相好坏等，其中也有大人掺入。于是，大部分孩子都已经“成双成对”了，当一有矛盾，就以此来取笑和攻击对方。没有什么多余的闲话，就是在名字与名字间加上一个“和”字。比如，“炳华和小红”“建方和玉兰”，言简意赅，尽在其中，或者是在嘴上喊，或者偷偷地写在地上、墙壁上，印象深的是有一个把这样“结构”的两个别人的名字，用粉笔写在自家楼上的木窗门上，下面的人能看得见，却没有办法。

当然，让人家这么配对，各人的心情也是有所不同的。给我配上的，是村里最标致的女孩，我心里美滋滋的，还巴不得人家多喊呢。

鸡

春天越来越浓烈，太阳光照下来明晃晃的，接着，黄瓜也成熟了，小贩挑着竹篾编的笼子，吆喝着，走村挨户卖小鸡来了。奶奶叫上一声，小贩在我家门前歇下担子，打开笼子盖子，呈现在眼前的是一只只毛茸茸的小鸡，密密麻麻地挨挤在一起，小嘴在叽叽喳喳地叫着。小贩为了做成生意，会把两头交叠的笼子全端下，打开，让你挑选，这时候小鸡的鸣叫就汇成大合唱了。

奶奶用积蓄的零钱买下五六只小鸡来。于是，这几只比乒乓球大不了多少的小动物就伴随着我们，我们也看着它们一天天长大。它们在我们脚下来来往往，啄食抓虫，还有互相嬉戏、追逐和打架。淡黄的绒毛渐渐褪去，小鸡变成各色各样花纹的，并开始有着它们的名字，好多是根据小鸡毛色、花纹来命名的。比如，有叫"田瓜溜"的，那就是这小鸡花纹一溜一溜的像田瓜。我和奶奶就坐着、看着、说着，"这田瓜溜又长大""这某某顶调皮"……我赤着脚，脚后跟有个米粒大的乌点，小鸡竞相用尖嘴来啄，我感受到它们痒痒的亲吻。

鸡越长越大，活动范围也在扩大，原来只在屋里和门前，以后跑到路边、菜园和田头觅食。鸡也通人性，每晚暮色降临时，它们也吃饱了，排着队，跳过门槛乖乖地钻进窝里。鸡长大了，包括毛色在内的性别特征就显现出来，接着雄鸡打鸣，草鸡下蛋。在这宁静的乡村，雄鸡的鸣叫，不仅报时，更犹如一支乐曲。草鸡下蛋，那是一种丰收。我们会琢磨出每只鸡产蛋规律，有时候判断今天会产蛋的鸡，到午后还不见下蛋，就有疑惑：是产外面了还是今天扑空了？于是，把这只鸡抓住，用食指探探那温润的屁股，探到了那圆圆的硬硬的，这才放心，把鸡重新放了。

那一年年末，公社搞会演，每个大队文艺宣传队都要选派节目参加。我大队排练的是一出小戏，是“斗私批修”的故事：公家收购鸡鸭，两个妇女走在去卖鸡的路上，一个还不断地给挎在篮里的鸡硬喂食，为的是增加重量多卖钱，一个就批评她，帮助她改正错误。我还记得那个思想好的妇女有一句台词，那是得意扬扬地自夸：我的是白毛乌骨鸡。

排练时，手臂篮里的鸡一直是虚的，而去演出的前夜，有人提出要拿真的鸡做道具，我姐姐是大队文艺宣传队的积极分子，在一边就直嚷嚷着：我家有，我家有鸡……就把这事给揽下了。去演出的傍晚，我和弟弟坚决反对，打起了鸡“保卫战”，但最后姐姐还是偷偷地把鸡抓走了。

那天晚上，我们都赶到公社那个叫庙里的地方看戏，凑热闹。在戏台后面的楼上，我见到了我家在“候场”的母鸡：雪白的汽灯光下，锣鼓敲得震天动地，这只被束缚着的母鸡被放在一张桌子上，睁着惊恐的眼睛。

直到夜深，这只鸡才被拎回家。但第二天开始，这只母鸡就蔫了，耷拉着脑袋，不吃不喝，拉白粪，没几天就死了。

直到如今，我还在揣摩着那只母鸡在那个夜晚经受的“惨无鸡道”的遭遇：日夜颠倒，超过承受力的噪音、灯光，来来去去的人群……它毫无能力回避或反抗，甚至不能掩一下自己的耳朵，多么的无助。

鸭

相对于养鸡来说，作为男孩，我更喜欢养鸭，对鸭更有感情：鸡是婆婆妈妈，鸭则犹如俊朗少年。这么说吧，鸡是家里的，而鸭则是属于我的。

鸭大多是圈养着，在水沟边用尼龙网和竹片围起来，一半在水里，一半在岸上。提供给鸭子食物成为我每天的“工作”，抓青蛙，捉泥鳅……忙得不亦乐乎，有时候从家里偷偷抓来一把谷或舀来半罐米，跑来喂鸭，害得我奶奶在后面呼叫着，又奈何不得。

那年，我养了两只小鸭，细雨蒙蒙的初夏，放它们在农田里游泳、觅食，从田边石板铺就的路上赶着回来时，觉得其中一只鸭子有点异常。晚上临睡前，我还是不放心，点上油灯，来到关鸭子的竹篰跟前，通过竹篰上方的空隙看去，那只鸭子张大嘴巴，不断地伸着脖子，一副难受的样子。把这只鸭子抓出来，掰开嘴巴，移过油灯，向里张望，终于发现问题——在鸭子食道中间叮着一只吸足血的蚂蟥。我赶紧从灶头拿来食盐，叫人帮忙把住鸭子，张开它的嘴巴，用小勺子舀起食盐，喂进鸭子嘴巴里，喂了一勺还觉得不够，再喂一勺，接着又喂了一勺。这是一个土办法，或者说原理我还是懂的，食盐能灼伤或者腌死蚂蟥，蚂蟥就不会再叮着鸭子食道了。

从现在来看，我这是记着一头，却忘记了另外一头；或者叫医好了一个部位的病，却又伤了身体另外一个部位。从此之后，相比其他鸭子，这只鸭子一直是瘦瘦，土不拉叽的，那一定是那晚的食盐腌了它的某个部位或者哪根神经的缘故。直到如今，我觉得难受和愧疚，那晚这只鸭子是如何度过口渴难熬的时光，并让它从此成为残疾。我为此自责：尽管那晚天黑了，但在喂食盐后，还是可以把鸭子放到水沟里游一会儿，让它喝喝水，漱漱口，即使这不方便了，至少给它灌灌水啊。

再有一年，我跟随在公社工作的母亲，在外读初中，快要放暑假时，有卖小鸭的贩子挑着担子在公社门口路过，我母亲买下两只小鸭。所不同的是，这次买的是“北京鸭”，所以比一般的小鸭每只也贵出一角来钱。放暑假了，我用一个纸盒把小鸭带回家，开始精心喂养。

“北京鸭”越长越大，它的品种特征也越来越显露出来，除了羽毛雪白外，那就是肥大，比当地的鸭肥差不多大一倍，走起路来摇头摆尾的，很是威武。暑假快要结束了，我就要出去读书了，这两只北京鸭也长到顶了，那天早晨，我坐在自家的门槛上，心里空落落的，脚边就放着那两只用稻草缚着脚的“北京鸭”——今天就要送到小镇上卖了。那两只“北京鸭”似乎明白似的，就那么温存地匍匐着身子，支着头，那亮晶晶的小眼睛边竟挂着一滩泪水。

这么多年了，那泪水还在闪动着。

狗

这条狗不是某人某家的，而是我们这个村，准确地说是这个自然村共有的，与我们的生活相随相伴。

这条狗长得高大、威武，更是善解人意，为守护这个村子尽心尽力，深得人们的喜爱和信任。

我们小朋友和这条狗更是混得熟，我家门口是人们聚集的场所，因此，吃饭时间总会聚集着一群端着饭碗的小伙伴，这条狗也总是会出现，穿来穿去。我们小朋友就会挑下碗中的饭菜给狗吃，而且吃出花样来，那就是把饭菜先用筷子挑得高高的，再丢下，那狗就会缩起前脚，直立起后腿，张开嘴巴接住，有时候甚至是跳跃起来。一碗饭，往往半碗给这条狗吃了，但我们非常开心和得意。

我们村有个屠夫，小镇集市日，挑着行当临出门时，这条狗就"报到"来了，屠夫说一声：走！它就扬着尾巴在前面开路，沿河边，过小桥，走田埂，一直到店铺里，就伏在案板下，警惕地张大眼睛。退市了，屠夫又喊一声：回去！它就为屠夫"殿后"，护送屠夫到家门口，才离开。夜里，这条狗会支着耳朵睁大眼睛，迈着轻巧的脚步，一幢屋一幢屋地巡逻过去，又巡逻过来。惊奇的是，它也好像知道"行政区域"似的，有着严格的地理概念。白天，阿公摇着小船从集镇上载着柴米回来，喝一声：管住！这狗就会乖乖地坐在埠头看护着，不会离开半步，及至这货物卸下挑走。

但这条狗太听人话了，却埋下了杀身之祸，根源是我们小朋友无知的取乐和“成就感”。那就是当村头出现陌生人特别是年龄相仿的小朋友时，我们就会给这条狗下指令“下喽”，这狗就飞也似的追击。这“下喽”是当地土话，相当于“快追”“出击”的意思。那陌生人看到追来的狗和“下喽”“下喽”的群喊声，惊吓得拔腿就逃，可谓是魂飞魄散，但哪里逃得了。我在家门口亲眼见到这么一次的“追击”：冬天的田畈，多么空旷，其中有田埂，和一行行挖起来排水的沟渠，但这条狗撒开双腿犹如箭一样直奔目标，咬住，扑倒。于是，我们哈哈大笑之后，又很惊慌害怕。

那个傍晚，被咬伤那方托人要求剪狗毛去。据说，被狗撕咬的伤口，粘上这条咬人的狗的毛，才会很快愈合。一般来说，哪条狗能任你拿着刀来剪它的毛呢。一位阿公拿着一把剪刀过来，朝着那条狗先一声吼：你看，又把人给咬了。这条狗就像做错了事的小孩，伏着身子低着头，任着老人剪去一撮毛。

后来，这条狗没了踪影，不久有了传言，那是被邻村几个慓悍的人设计弄死，烧起来吃了。据说，这条狗死得很悲惨，先被设计用绳索套住了头，再硬硬地拖到河里溺死。

没了这条狗，好像缺少了什么似的，原来一直平安的村庄失窃事件也时有发生了。那个冬日的上午，一班人聚集在阳光下，群情激愤，于是，一队人马浩浩荡荡地开拔，去找打死这条狗的人讨个说法。但那个大队干部在屋前一站，吼道：咬人的狗不该打死吗？于是，我们数十人的队伍没了声音。

后来，村庄里陆陆续续地养过几条狗，但无论是架势、长相，还是灵性和警觉，无论如何，我都找不到原来那条狗的感觉。用一句通俗的话来说，那是一堆黄土与一座高山的区别。

蚕

在自家屋边的田头，也就是人们往来的路边，我发现几条死蚕漂在田水里，还有一束金黄的干稻秆散落在长得半高又茂密的水稻上。那是被人丢弃的，尽管我没有亲眼见到谁丢弃的，但我心里明白是谁。春天里，同住一幢屋的国冬大婶在家里养了几张蚕种，那个时候，谁家做什么，邻居都知道，而且当事者还乐于随时通报每件事的进展。在几天前，就看见国冬大婶在屋前向人们“发布”消息：蚕中发现病情。很显然，这是国冬大婶把几条死蚕连同原来铺垫着的几根草，团在一块丢弃在这里。

就在我回头要走时，却看见在一张墨绿的稻叶上，还粘着一条瘦小的蚕，艰难地扭动着——这条蚕还是活的，但似乎随时有掉到水里的危险。不知出于好奇、好玩，还是同情和怜悯，我捡起了这条蚕回到家，把它放进一只空着的纸板针剂盒里，然后把这只纸盒放在抽屉里。

在这个春末夏初的日子里，阳光特别的明媚，我也由此多了一份活计和牵挂，每天放学回来，就跑到河岸或池塘边，在那几棵桑树上摘来几片桑叶，接着迫不及待地拉开抽屉，打开纸盒，投上桑叶，那条蚕怯生生地沿着桑叶的边沿慢慢地吃着。

日子一天一天地过去，那条病恹恹、灰不溜丢的蚕，逐渐肥壮起来，身子泛着银白的光。有一日，我打开纸盒时，惊奇地发现，这条蚕竟然编织起一个“鸟窝”来，刚有一个“框架”，还留有好多空隙，所以我看见这条蚕在里面蠕动着吐着丝。

有一天，当我再次打开纸盒时，那条蚕不见了，只留着一个完备的茧子。我挺空落落的，每天伴随着我的这条蚕怎么就没有了呢？我时常抚摸着这只表皮光滑又结实的茧子，默想良久。

这是我唯一一次养蚕，也是养的唯一一条蚕，现在想起来，都还激动——它去了，但竟然回报我一只茧子，这是我想都没有想过的。

第二辑

米　厂

米厂在村庄后面的岸边。

米厂，就是打米的地方，打米说得文雅一些，就是脱谷成米，在那个年代，几乎每个生产大队都有一个——农民分到稻谷总要先打成米才可食用啊。

这米厂是大队除了小学之外的第二个公共资产。但米厂其实也不仅仅是打米的。

首先与之搭配的是抽水机。抽水机在房间外面，一头栽入水中，一头搭在岸上用石板筑起来的水渠上，那抽水机“呼隆呼隆”地日夜响着，“哗啦啦”的水喷向水渠，流向田里。

房间里才是打米的。农民或用小船载来，或挑着扛着来，先把稻谷在磅秤上过磅、开票，付了打米的加工费，再把稻谷倒入一个竹篾编织的盛器里。没电时，打米师傅要先用一个活络摇手奋力摇动柴油机，柴油机启动后，皮带带动着碾米机“轰隆隆”地响。农民在打米师傅的指挥下，把竹篾盛器上的稻谷用手掘入畚斗，再举起畚斗，把稻谷倒入碾米机那与人差不多高的铁质漏斗，这样，稻谷通过机器转动，从两边出来，一边是米，一边是糠，都用箩筐接着。打米过程是很繁忙紧张的，打米师傅和来打米的农民要跟着机器的节奏做事，把稻谷接连倒入漏斗，不能太慢，太慢了会造成打米中断，太快，漏斗又装不下；要把盛满米或糠的箩筐移出，插入新的箩筐。当一户农民打米完结时，打米师傅把漏斗到机器间的一个铅质板片插入，叫前一户赶快移走已经打出的米和糠，排在后面的农户赶快把稻谷倒入漏斗，开始新的一轮打米。这打米，机器声响得很，打米师傅的喊话，打米农民要侧耳凑近才听得见，整个房间里弥漫着糠末尘粒，让人们全身包括头发、眉毛上沾上灰蒙蒙黄澄澄一层。旁边那裸露的传动着的宽大皮带，现在想起来都还可怕，如果把人扯进去真是不堪设想。

与打米房连在一起的是大队畜牧场。说是畜牧场其实有点名不副实。单从面积讲，也就是几间低矮的房子，我曾经进去看过，也真的排列着一溜子猪栏，但大部分空着，也就养着那么几头猪。大队设立这个畜牧场除了那时强调猪是农家宝外，大概与这米厂有关。打米房的角落里总会落下一些米碎糠末，打扫起来，再与菜叶、藤蔓搅拌一起可以供猪食用。照料畜牧场的是一个单身老人，六十多岁了，高高大大的个儿，但一只脚有点瘸。安排这老人在这“工作”，应该有照顾的成分。

这米厂与村庄隔着一条河。米厂右边就是一座水泥桥，很有气势，叫东风桥。当时一般是石桥，这水泥桥就很高级，很现代化了，其中桥面两边就用水泥浇筑着几个坐墩，我们走过时，都要坐一坐，不是为了歇歇脚，而是感受那派头和惬意。这桥建造于 20 世纪 60 年代，我曾经在大队办公室里，看到大桥落成庆典的照片：人们站立在桥上和没有水的河床上欢呼。通过这桥，从米厂旁边走向两里外的公社所在地的小镇，走向十多里外的区委所在地的集镇。

20 世纪 70 年代前期，大队在这米厂里办了一个皮鞋油厂，这有一个历史名词，叫社队企业。制造皮鞋油以“山粉”为原料，这“山粉”就是番薯加工淀积起来的。因此，我们走过大桥时，都会看到桥面两边，晒着疙疙瘩瘩。这皮鞋油厂没有经历多久就沉沙折戟，但有一个“段子”我还记得很清晰。说的是做出了皮鞋油后，推销人员好不容易找到一个商场愿意洽谈，推销总得拿出样品吧。此时，这推销的多长了一个心眼，先暗暗捏了捏在自己衣兜里的鞋油，但不管如何使劲，硬邦邦的就是挤不出鞋油来，只得落荒而逃。

而在米厂左边十几米，是一个汽船埠头。在我们这一带，汽船是唯一的交通工具。自然，这米厂就成为一个“候船亭”，特别是下雨或骄阳暴晒时，人们就站立在米厂屋檐下翘首张望。汽船“咕咕”地驶来，靠岸了，一个船员一手拿着缆绳跳上岸，拉紧，乘客上的上，下的下，汽船又徐徐地开动，船员把缆绳一把扔到船尾，跳上船而去。

时光也就随着这波浪慢慢荡漾开。

砖　窑

那个农忙刚刚过去而暑气还未退去的夏晚，九队在仓库门前召开了社员会议，公社驻队干部也到会了，这意味着一个重大事件摆上了议程。

九队仓库是紧靠河边的三间朝南石板平房，农忙时节堆放稻谷，平时存放着农具、农药等，有时候社员还会每夜两人轮流睡在仓库里“管仓库”。仓库前面是晒谷场，有一半是水泥抹的，在当时是很少见的，可以把稻谷直接晒到上面，另一半还是泥地，晒稻谷时还要先铺上用竹篾编织的“坪田”。

说是仓库，现在想想，其实说是生产队的“队部”更合适，那个时候，一个生产队也就这么几间屋的公共资产。我大队里共有十四个生产队，在我居住的这个叫官塘岸的自然村里，有两个：九队和十队。我奶奶就是九队的“买粮户”。

召开这样的会议，就是商议生产队里要不要建砖窑做砖瓦，事情纷争已久。那个晚上，社员们有的带来板凳、竹椅坐着，摇着扇子；有的就直接坐在水泥地上抽着烟，我也坐在旁边听着，看热闹。与会者形成了两派：反对建和要求建。反对建的，那就是代表“上面”的驻队公社干部和遵照上面指示的生产队长，理由当然是建砖窑做砖瓦，那是干扰农业生产，与“以粮为纲”相冲突。而社员几乎全部要求建，原因很简单，很朴实，那就是搞这样的副业尽管辛苦，但毕竟能挣些酱醋油盐钿。那个年代，农民除了几个农忙季节外，大部分时间是闲着，但也贫穷着。相邻的一个大队就建有砖窑，做着砖瓦，所以那里的社员还有几个零用钱，让我们羡慕。反对建的一方尽管人员不多，但代表“官方”，与其说这个晚上是来讨论，更多的成分是来做思想工作，打消社员建砖窑的念头。但社员们对“官方”的意见也有高明的反对方法。他们说：“毛主席说‘以粮为纲’，但下面还有一句叫‘全面发展’啊。”“‘农、林、牧、副、渔’，里面不是有一个‘副’吗？”又讲得很实际，“我们是利用空余时间做砖瓦，又不影响农业生产。”有的社员还对公社驻队干部讲起俏皮话，“以后砖窑建起来了，你们公社干部蒸饭就放在我们窑头好了，弄只小船，把你们的饭盒运来，蒸好后，再运回去。”从我们生产队到集镇上的公社，如果在陆地上走，经过四座桥，刚绕了个圈，用一个字母来表示，就是C的一端到另外一端，但如果用船就很近了，公社那幢房子就在河的斜对面。

那个晚上的会议没有结论地散了。暑假结束了，我也到外面读书去了。但后来我回家，九队仓库的前面就矗立起一个半球体的砖窑来，犹如一个巨大的碉堡。不久，前面的十队也建起了一个砖窑，从此，我们这个自然村就有了自己的副业，做砖瓦，烧砖瓦，卖砖瓦。

做砖瓦被社员戏称为“搞烂泥”，这“搞”在当地土话，有摆弄、游戏之意思。但这并非轻松的活，所以社员们感叹，栽了一株“苦瓜”；但大家又明白，苦瓜总比没有瓜好。

首先，在河岸划分出一块一块的，成为每户农民的“泥潭”。所谓泥潭就是堆放泥土的地方，这泥土是购买来做砖瓦的原料。每次摇船老大载来了泥，用铁锹撬到泥潭里。

有了泥土还要加工。掺入一定量的水，人不断地用脚踩。之后对着一堆初具形状的泥土，一手拿着钢丝做的弓，切下一片，另外一手接住，“啪”的一声，又使劲地贴上泥堆，反复如此，使泥土更柔软更具韧性。

做砖。把一块小石板堆砌成约半身高的平台，有一个木结构的砖模具，每次先在模具下面撒上一层炉膛里出来的烟灰，接着用钢丝锯锯来一块长方体的泥土，举过头顶，“啪”地砸在模具上，再拿来钢丝锯把满出模具的泥土切掉，用一块木板盖在模具上面，再把模具翻了个儿，把模具拆了，这块做出的砖就到了木板上面，把这块砖连着木板放在一边，待积到五六块时，才双手捧着，放到那一垛堆放起来的砖墙上，砖与砖之间要有一定的间隙，这样通风容易干燥。做砖要有晴朗的天气，但又不能暴晒，太阳太猛烈时，拿稻草之类的盖在砖墙上，以免收缩太快断裂了；同样，天气太寒冷，也不宜做砖，特别是夜里有冷冻，会把砖冻坏了的。

做瓦。做瓦其实先做出来的是一个瓦桶，并非是一张张的瓦片。做瓦，是放在一个可以转动的木架上，一个“瓦蒸”，木质，可以折叠收缩，桶状，上面有个提手，在外面穿上“瓦衣”，用钢丝做的“瓦推”在一个加工好的长方体的泥土上推来一张泥，围在“瓦衣”上面，再用沾上水的木质“瓦托”在上面上下“托”着，使之光滑，最后用“瓦刀”即核定一定高度的刀具按住，旋转一下瓦蒸，那高出的一部分泥土就削了。提着瓦蒸到平地上放下，取下里面的瓦蒸和瓦衣，瓦桶就立着了。到傍晚收瓦桶，抱着已经晒干的瓦桶轻轻一拍，就裂成四张瓦片了。原来瓦蒸四围支着四根小木条，做起来的瓦桶自然是有四条凹进去的缝。

烧窑。先往窑里码上砖瓦，一窑砖瓦大概需要烧上七天七夜，社员轮班往窑洞里塞柴草。窑前就堆着一垛垛从十几里几十里外的山区买来的松枝。夏天烧窑可热得不好受，而冬天窑洞前则会聚集起一群取暖的人。往窑洞里塞柴火，这谁都会，但如何掌握好火候，那可大有学问。这就需要烧窑师傅来把关了。烧窑师傅通过门口的小洞往里张望，根据每个时段，看到里面的砖瓦变化，指点什么时候柴火塞慢一些，什么时候要烧猛烈一些。当看到里面的砖瓦通红剔透再经过一段时间后，就要封窑了。封窑就是停止烧窑，把门洞包括烟囱全部封死。

担窑水。窑被封了，社员轮流担着水，一步一步走上窑上，把水倒入窑顶的一个水池中，水慢慢地渗入窑中，让砖瓦冷却。这也是技术活哦，在每个时期，要掌握渗水量，要不，整窑烧出的砖瓦就全废了。

开窑。砸开封着的窑门和窑顶，让热量渐渐散去。几天后，社员排成队，把砖瓦一叠一叠地传出来。或者是先堆在这窑边也就是岸边，等以后买家来买；或者已经有买家来了，那就直接搬到船上，其中有一个人拉长着声调唱着搬出的数量："61幢啊——62幢啊——"

砖窑建起来后，当初要为公社干部"蒸饭"也只是一句戏言而已，但这砖窑建起来的一个年关，生产队里却做过年糕。社员以为，那熊熊燃烧的砖窑的热量可以利用起来，于是这一年，张贴布告，对外加工年糕。在窑顶上插入两只油桶，往油桶里灌满水，在油桶口插入皮管，蒸汽经过皮管通向下面的蒸笼里炊米粉。四面八方的乡亲摇着小船载来的做年糕的大米，生产队仓库的晒谷场上可热闹了，要等好几个小时甚至一两来天，才会轮到呢。

但做完了年糕一结算，才发现好像白白得来的蒸汽并不是那么一回事，原来烧窑的柴火还是要多烧的。

后来，随着商品经济的兴起，做砖窑就偃旗息鼓了，砖窑也夷为平地。

鞋　机

20世纪70年代中期，我的家乡，兴起一个行业，并一直延续到70年代末甚至是80年代初，那就是“做鞋机”，说得书面语一些，是“制造鞋机”。

这“鞋机”，只是一种习惯的说法，准确的应该是称作“补鞋机”，就是说，这“鞋机”不是用来制造鞋的，而是用来修补鞋的。现在街头还可以看到这样的“鞋机”，一些大伯或妇女坐在一隅，面前是安装在木架上的拱形补鞋机，一手把要修补的鞋塞进伸出的“横档”上，一手摇着另外一边的一个小柄，那机器就转动起来，带着线的针在鞋上缝补着。

说是“制造鞋机”，其实用这“制造”一词是抬举了。当时“做鞋机”，完全是家庭作坊。购进鞋机机身和一把零件——以此为背景的是当地的翻砂业，几把锉刀，几张砂纸，几个螺丝刀，一把榔头，还有一个手摇的砂轮，就“砰砰啪啪”地干起来。没有图纸，没有师傅，没有合伙人，更没有雇员，而且是偷偷摸摸的。因为这是搞资本主义，这是地下工厂，这是破坏农业学大寨，要打击的。

“做鞋机”的大多是二三十岁的年轻人，所有的“工序”都是一个人来完成。遇到什么疑难问题，干不下去了，会跑到另外一家讨论和请教。这些农家子弟第一次干起了这“工业”的活，感受着新奇和挑战，但他们也感叹：太肮脏了，下田劳动或做砖瓦，洗一个澡就干净了，这做鞋机的，铁锈、粉末沾在手上，钻入头发中，洗也洗不掉。

那年学校放寒假了，我回到家，几乎天天待在老炳家，看他做鞋机。

老炳与我同辈,但年长我几岁。老炳父亲死得早,家里就他和娘一起生活。老炳家同当时农村大多的房屋一样,破旧低矮,就摆在堂间做鞋机,我坐在旁边的一堆稻草上看着、聊着,北风从后门吹进来,好冷。老炳聪明灵活,诙谐有趣,时不时来段顺口溜,类似于赵树理《李有才板话》中的李有才,所以,我就整天跟着他,觉得开心。

老炳把毛坯的鞋机机身固定在一张木凳上,捣鼓着。是否制造成功,这“关键点”就是摇着小柄转动起来,穿着线的针能钻进“横档”顶端小孔,并能带出藏在里面梭子中的线来。这就是一个不断调试、校正的过程,有时针打在横档上,断了,有时打入了小孔里,却带不上梭子里的线,甚至是把穿在针上的线也绞断了。制造一台鞋机,一般需要一个来月,如果熟练了,得二十来天。当然,鞋机调试成功了,还要外表锉平、打光,这是“表水”,事关“卖相”。

做出了鞋机,就得出售,会有人进村收买,每台在二三十元之间,扣除成本不知道能赚多少。但为了挣得多一些,有的人会直接把鞋机运到外面卖。但运到外面卖,也不是容易的事。在我家里,我就听前幢叔字辈的国件说过一起贩运鞋机到金华的事件,可谓是胆战心惊,惊心动魄。

用原来装化肥的编织袋裹着两台鞋机,一住进县城小旅馆里,连忙把鞋机塞进床下,生怕警察来查房,提心吊胆了一夜。第二天一早,再用一件外衣包在编织袋的外面,在县车站上了长途汽车。好不容易车开动出了车站,这才松了口气,这时,已经大汗淋漓,人也几乎瘫软了。但又不敢在金华车站下车,在离金华车站还有十几里时,打通了客车司机下了车,扛着鞋机步行进入城里。

房　子

我家是一间低矮的平房。

这样的居住条件在当时也是很平常的，不足为怪。而且父母亲作为“工作同志”整天为革命奔忙，无暇顾及，也不想顾及这样家庭的事，但据后来奶奶与人交谈中我得知，有人劝我父母：你下面还有两个儿子，总得要考虑吧。这样，建造新房子提到了重大的议事日程上来。

我还记得那个下午，载着石板的机动船停靠到河埠头的情景和自己激烈的心跳。乡亲们组成扛石板大军，用绳索和杠筒，把石板一张一张地扛进来，斜竖在门前的空地上，每张石板与石板之间塞着一块石条，这一块块石条也是与石板一起运来的。只是原来在船上石板是一张一张叠着的，每张石板之间四角塞着石条，留着空隙，便于放下和扛走。这石板是从现在的AAAA级风景区长屿硐天买来，而且是凭票供应的，当时用石板建造屋子很时兴。而当时建造房子是分批实施的，也就是说是逐步购买来木料、石板放置着，放置时间要看家庭的经济能力了，堆放三五年是很平常的。

1972年春夏之交，我家要造新房了。我母亲从单位请假回家，我当时在读小学五年级，也向学校请假跟随母亲回家了，这事放在现在，简直是不可思议。在此之前，二叔婆的那间房子已拆除，把拆下来的材料运走了。我家就在自己家那间老房子和二叔婆房子的原址上，并稍微向南移动了一些，造起来了两间二层畚斗楼，只是原来是朝东的，现在改为朝南了。

在这几个月里，我成为一个小帮手，东奔西跑，找人帮忙，拿东西，经历了造房子的全过程：从挖地基到房子落成，以及房子落成后四周场地的平整。说是石板屋，那石匠费工最多了，那班石匠一手握着凿子，一手举着锤子，整天砸得“砰砰砰”直响，或者是拿着石斧在精雕细琢，满地全是石条、石屑。

整个造屋过程，吸引了乡亲们的目光，到房屋终于耸立起来，更是引来一阵阵的惊叹声、羡慕声。那可是一个轰动啊。我还记得人们津津乐道的两个关键数字：楼高两丈一尺八，费用两千一百元。

这两丈一尺八是什么概念呢？我现在思忖。一丈等于3米，那么，两丈一尺八也就是六米半吧，而且这高度是从地面到屋顶栋梁处，也就是说是三角的最高处。记得底层四周是用八尺石板竖立的，我奶奶与来观看新房的人喜滋滋地夸着，栅下挂菜篮，还够不着呢。所以，我家把一些树丫用绳吊到栅上的钉子上，菜篮再挂在树丫上。八尺折换下，也就是两米半左右。

我甚至在大人的笑谈中，得知我作为长子，依照风俗习惯，以后成家会分到哪一间的房子。十几年后，我们兄弟俩在外结婚，这两间石板屋对于我们意味着什么，天知道。但这房子成为我们的大本营、大后方，以及让祖母有了不错的安身之地，直到祖母仙逝，从这个角度来说，房子是功不可没。

这两间房子可谓是鹤立鸡群，一展风姿。在那个年代，造房子可谓是凤毛麟角，我家更是造得不寻常，比如，在地基的四角曾经浇下四包水泥，这是了不起的事。

那两千一百元又意味着什么呢？

在风光的同时，建造这两间房子付出的代价或者叫艰辛，只有自己能体会。这两千一百元，说得文雅一些和用书面语表达，是节衣缩食得来的，说得通俗，那是牙缝里省下来的。父母月工资加“粮补”各是33元，还要养育和供我们三个孩子读书，奶奶不是居民户口，在生产队里是“买粮户”。在造房子之前，拼命地节省那是为了积蓄；造房子后，拼命地节省，那是为了还账。造好了房子，但那借来的钱像大山一样压在父母的心头。我想，以我父母当时所处的位置和身份，不会有人整天催还几十或者是几百元的钱吧，但以父母质朴的本性，最大的愿望是在最短的期限内归还，而不是像现在的“老赖”自己高消费，欠着别人的钱就是不还。

试举几个“衣食”的例子吧。我娘舅、娘姨结婚，我们小孩都会早几天到外婆家（父母那时从来不参加亲戚的婚宴，哪怕是自己的弟妹结婚，那是当时作为“革命干部”的要求）。人家以为到举办婚礼这一天，我们会换上新衣服的，让人们惊讶的是，那一天，我们还是穿着那身“新”衣服。

至今我和姐姐还常笑谈起，母亲节食的“花招”，但母亲不承认，不知是年高忘记了还是于心不忍。那时母亲在单位的食堂，是打饭的，当我们吃了二两或者三两饭时，就端着空空的饭碗，扭扭捏捏对母亲说：“还，还没饱……”母亲就一个劲地问：“真的还没饱？真的还没饱？……”可就是不打饭，对此，我们也不敢再坚持，只好说：“饱了，饱了。”

大　河

我的家乡，池塘星罗棋布，夏天里种上河菱，茂密的翠绿叶子铺满水面，农民坐在木桶上，一行一行地划过，揭起菱叶，采摘菱角。我家门前的池塘边，一棵大桑树平行地向池面伸展，成为小孩子玩耍的地方，我们时常爬上去扶着树枝走来走去或坐着垂着双脚嬉闹笑谈。

我的家乡，河道纵横交错。现在闭上眼睛一想，如果没有那些石桥、水泥桥连接着，我们所居住的地方，就成为一片一片的孤岛。当然，还有那一小块一小块的被称为什么“渭”或“渚”的地方，当时还是真正的孤岛，农民进去种植、施肥和收割，只有靠小船了。

与我童年联系最密切的要数村边那条南北走向的大河了。看惯了小河小港的人，来到这条河的面前，肯定会感觉宽阔宏伟。这么说吧，我们扔石子比赛，从来没有人能把石子扔到对岸上去，只有落在河中。有几次台风过后，站在岸边，看着满满的河流是那么湍急地向北涌动，势不可挡。

这条宽阔的河，套用一句俗语，就叫养育了我们。早晨，河面上飘散着薄薄的水汽，河埠头站满了人，有洗涤衣服，有刷牙的，还有往家里挑水的……挑水的一路洒落清冽的河水，把小路两边的小草淋得湿漉漉的。一个印象我至今记忆犹新，而且时常浮现脑海：我站在水中的埠头阶梯上，用牙罐往河里舀水刷牙，途中，我惊呆了——河面上一片华丽光彩，真可用七彩绸缎来形容，抬头，原来是天边的云霞映照的。

在宁静的中午，太阳光照下来，我从家里拿来竹篾做的菜罩，跑到埠头，双脚涉入水中，把菜罩口子朝上沉下，再在上面撒下一些饭粒，那些小鱼就会游入菜罩里抢食，我双手端着菜罩慢慢提起，可就在菜罩即将露出水面时，鱼儿就似发觉一样一逃而光。我将此归结为这菜罩织得太密，排水太慢，如果是渔网，一下子就提起来了，那一定会捕到好多好多的鱼。尽管捕不到鱼，但我仍然乐此不疲。

暑假里，这条河是我们的乐园，泡在水中可以一两个小时也不上岸，急得我慈祥的祖母在岸边挥着手召唤，又无可奈何。一般来说，我们一天得游两次，一次是中饭后，一次是晚饭前。但有时候，中午游了，刚换了短裤，又禁不住下了河，这次上来后，一般不敢再到家换短裤了，就坐在被太阳晒得滚烫的埠头的石板上或者路上的石板上烙，不时地挪动屁股，用不了多久，那湿淋淋的短裤就会干了。不但游得快乐，我们还有收获呢，螺蛳、河蚌、虾……

船只在这里是唯一的交通工具，每个生产小队一般有两三只小船，农忙时用来生产，运载稻谷、稻秆和打稻机等生产工具，农闲时赶集，不但乘人，也运货。在这河道里，除了小船摇来摇去外，还有两种船让人刮目相看。一种是汽船，农民习惯叫作小汽船，客运的，一般会由两只船组成，前面一只是装机器的，轰轰地响，后面拖着一只是客运的，如果碰到某地是集市日什么的，客人特别多时，也会拖上两只客船。这汽船是封闭式的，就是上面装了顶的，两面开着一扇扇小窗口，前后可以上下客。每次汽船驶过，坐在汽船上的乘客会通过小窗口好奇张望着岸边，而在岸边的人也会羡慕地打量着乘客。我到父母处，去外地读书，包括我以后在县化肥厂上班，坐的都是汽船。在我村庄附近，不到半小时步行半径里，就有五个汽船埠头，最近的一个是以我大队名命名的埠头，离我家只五六分钟路程。还有一种船叫机动船，是货运的，前面也是一只装动力的，也装货，后面拖挂的就多了，三五只，甚至七八只都有，类似于火车吧。只是这些船是敞开的，如果碰到下雨，只是盖上篷布，所以在岸上都会看到装的是什么货，引得农民时常议论。这两种船的出现，在当时有着不一样的意义，代表的就是工业，就是商业，就是“国家”。我们在游泳时，如果有这两种船驶来，会靠上去，拉上船上的线索什么的，或者就干脆趴着船舷，搭上一程，很是刺激和好玩。其实我们也明白，这是很危险的，稍不小心，人就会被卷入船底，尤其是如果碰到第一条船的螺旋桨，非卷得血肉横飞不可。因此，第一条船我们是不敢靠近的。

这条河，又是一条生命线。我小小年纪，就经历和听闻村庄里农民生了急病，深夜往县城医院送的情景，比如，败血症这么惊悚病名就是那个时候听来的。一是叫上大队里的抽水机船送病人，但这需要多种可能，比如，大队的抽水机船和驾驶这条船的人没有外出，这抽水机安装得是否合适，如果这船的排水管是安装在船中间的，那就得连夜重新安装，把排水管安装到船尾，这样，排出的水才能成为动力。还有就是利用生产小队里的小船送病人。平时摇小船一般是用一支桨的，但船尾往往安有两个橹，农民叫作橹柱，这个时候发挥了作用，一只小船架上两支桨，几个青壮年轮流着奋力摇船，这其中，气喘吁吁、汗流浃背和心急如焚，这些词都可用上，经过三四个小时，在天亮时会到达县城。

这条大河，就这么日夜流淌着，就这么船来船往，就这么年复一年地灌溉着两岸的田地。但在我 10 岁左右，这条大河曾经历一次干旱，至今我还历历在目。那一年夏天，河水越来越低，只有那些特别深的河床上，类似于一个水潭，成为鱼最后栖息的地方，也成为人们捕鱼的地方。人们认准一个道理，那就是先把水搅浑，这样鱼受不住才会浮上来；只有鱼浮上来了，我们才能捕得到。于是，人们就开始在水潭里来回走动，双脚极力搅动着下面的淤泥。有大鱼浮上来，人们会冲上去，用渔网捕捞。我用的仍然是家里的菜罩，其缺点也是显而易见，就是在水中兜着走，排水慢，因此，我捕到的都是一些小鱼。心里在总结，如果用渔网，一定会捕得又大又多的。尽管集市日，在河对面的集镇的桥头，看到有人摆着渔网卖，只要买来这网片，再适当地缝制一下，口子用竹子张开，就是了。但这需要钱啊，也许需要一块来钱，也许只需要几角钱，可自己哪来的钱啊，那个时候，就是有一分钱，也是不得了了。

最后，这条大河浅得像一条小溪，能走得到对岸了。正午，炙热的太阳暴晒下来，河水里躺着一条条热得翻着肚皮的河鳗，这可是真正的野生鳗，农民把它们捡去喂鸡喂鸭。

进入秋天以后，河水也渐渐地丰满起来了，通航了……

那时年少，不懂事，不知道干旱给农业生产带来的损失，不知道干旱给人们生活带来的不便，只体会到捕鱼所获得的快乐，还天真地想：是否每年这个季节都会干旱的，这样就好了，就又可以捕鱼了……

在我离开家乡，来到县城上班之前，这条大河留给我印象深刻的有这么一件事。

那个夏天的夜晚，我们几个伙伴，拿着二胡、笛子上了一条小船。小船泛流在河中，拉的二胡，吹的笛子，也许还未成曲调，更谈不上专业，但头上那轮明月洒下的清辉，映照着清澈的河流，映照着云朵，岸边的树木，清风徐徐而来，更有那绵绵的情怀。

板　凳

从我有记忆起，在乡间，我家的门前，一直是乡亲们的聚散地，是一个“中心”：交流中心、信息中心、休闲中心，也是一个娱乐中心。

我的老家原来是破烂的平房，后来翻建起两间两层石板屋，在村子里尽显“鹤立鸡群”的威风和荣耀。改革开放之后，村子里几乎全都翻建了，但无论我家的房子如何，我家这个聚散地、这个“中心”的位置几十年来一直没有改变。

我的老家，如果再具体化、形象化一点，那就是我的祖母。老家因为祖母的坚守，才成为我们的老家。祖母为人和善，一生从没有与人红过脸，吵过架。我家门前能成为这么多“中心”，重要而具体的一条就是祖母不管是乡里乡亲来了，还是陌生人进入村庄找人或者做小买卖，都会热情地端上板凳让座。

每天一早，祖母一打开大门，就会把堂间吃饭桌前的板凳端到门前，等候人家的光临；吃饭时搬回来坐着，看到又有客人来了，祖母会马上放下碗筷起身端出板凳；祖母坐在门前与客人拉着话，客人在陆续增加，坐不下了，祖母就会急忙起身去卧室甚至楼上端来凳子，即使是祖母九十多高龄时，也会蹒跚着前行，令人家感动不已，人们会自己抢着去搬。

一大早，就有人坐到我家门前，即使一人也是悠然自得地坐着，看看风景。我的祖母也不会寂寞，那些大娘大爷说着家长里短，那些壮年大汉也会来和我祖母说说走南闯北的经历与生意场上的成败。即使是那些小朋友，也都围在我祖母身边做做游戏，在板凳上打打牌，下下棋。夏天，大家在这里乘风凉；冬天，这里又成为晒太阳的温暖地方。

我的祖母所做的一切，都来自她内心的和善好客，而且是觉得极其平常和自然的事；反而，如果让人家干站着，那是很不礼貌的，内心会很不安。祖母没有开着商店什么的，所以也不存在出于商业目的，是为了增加人气，开辟财源；我的祖母不是权贵，也没有钱，所以这么多人长期聚集到我家门前，不是巴结讨好，不是为了某些“实际”的考虑；祖母也不提供茶水、香烟或点心什么的。

但有一条板凳，一条承载着主人热情的板凳，大家坐着，就舒心又自在。民间把习惯往哪里走，称之为“脚头顺”，但“脚头顺”并非是由“脚头”决定，那是由人的大脑指挥的。

我们给予别人的并非一定是华美高贵的东西，只要有真情，有时候，只要一个微笑、一声问候，包括递一条板凳，就足够了。

背心与球鞋

我低声地向母亲诉求，给我买一件墨绿色背心，并告诉了买这件背心的价格：3元。这是我事先都问来了的。母亲应承了一声。

暑假放假在家，母亲也时而回家安顿我们生活。至今我还搞不清锦纶、涤纶和腈纶的区别，但这墨绿色背心，是那个时期刚新兴的工业产品，很时髦，很高级，一般人穿不起。

但我们村就有一个人穿这样的墨绿色背心，他叫阿祥。阿祥只比我大几岁，但却长我一辈。说来话题还有些长，他家就在前幢，但全家却住在十几里外的镇上，那是他父亲工作在外，本来他们全家是居民户口的，但国家以前有个“下放”政策，他家孩子的户口就全“下放”了。阿祥高中毕业了，虽然住在城镇，但不是居民户口，也就谈不上安排工作，所以他的父母就叫他单独回到生产队里劳动，而吃住在邻居里。阿祥下田劳动时，会穿上那种厚厚的破旧的衣服，以遮阳和防止稻叶划伤，但到黄昏洗澡后，就穿上那件墨绿色背心，悠闲地在村头屋后走动，或者站立在埠头，面对着随风而来的波浪，惬意地吹着风，引得我的目光随着他的身影转动。

我向母亲提出之后，但过了一段时间，不见背心买来，又声音低低地向母亲说过一次。我知道这3元钱不是小数目，家里都需要钱。尽管我内心很是强烈，希望拥有这样的墨绿色背心，但以我的为人和性格，这是最高的请求了，不会第三次提出。

那一年，直到天气转冷，我希望的墨绿色背心也没出现；但至今还在我眼前闪动的，是阿祥身上的墨绿色背心。

又一年，我读高中，我有了一双球鞋。说是球鞋，那是区别于当时的解放鞋；那个时候大家穿的是千篇一律的解放鞋。

这双球鞋，栗色的，鞋底也并非现在的高帮，与当时的解放鞋差不多厚，但比解放鞋柔软，式样也有别于解放鞋，一句话，新式的，别致的。这双球鞋带给我不仅仅肉体上的不一样感受，更是给我带来精神的愉悦和姿势的豪迈。我穿着这双球鞋，奔跑在操场上，奔跑在石板一块一块铺盖起来的小路上。球鞋脏了，我就换下，带上刷子和肥皂，来到江边的埠头上，精心洗刷起来。那清冽的水啊，把球鞋清洗得洁净，还有芳香。

这双球鞋一直穿到破得不能再穿为止，伴随我好几年。

蜡　笔

那时，我跟随母亲在外读书。学校放假了，我回到家。晚上，我和伙伴们来到村小学玩。在那个文化和物资同样匮乏的年代里，这小学是人们聚集的公共场所，尤其当文艺宣传队在敲锣打鼓排练节目，更是人们聚集的由头。

那间老师办公室则是晚上集合的重点，五六张办公桌拼成一张长方形的大"办公桌"，上面堆满着作业簿、教具等，煤油灯下，人们随意翻阅着，或者就围着那张大"办公桌"追逐打闹。

已记不得我是如何打开其中一张办公桌下面的那个小橱门的，反正那个年龄，好奇心，不懂规矩，随时会让我们蠢蠢欲动。办公桌上的灯光不能直接照到那橱里，但我还是看到了那个纸盒，打开一看，全是五颜六色的蜡笔。

竟有如此凑巧的事。在此不久前，我的同学华军，这个高度近视看书得把书凑到鼻尖的教师儿子，来到我住的公社宿舍，手把手地教给我一套"技术"：在一口瓷碗里放入蜡烛，把瓷碗支在火上，那蜡烛就会融化了，拿一只电灯泡浸入蜡烛液里一小半提起，在将硬未硬之时，把粘在灯泡上的蜡烛慢慢揭下，粘到预先准备好的一叉树枝上，正像一个花瓣，一片一片地粘上，那就成为一朵大白玉兰花了（那个时候还没有见过大白玉兰花）。如果让那花朵有颜色，就在蜡烛中掺入蜡笔一起融化，颜色当然就随着蜡笔的不同而转变，那就是说，掺入紫色的蜡笔，花朵就成紫色的，掺入粉红的蜡笔，花朵也就会变成粉红的。

这简直是太奇妙了，太让我们兴奋了。这次回家我就带来了一只废旧的电灯泡和几支蜡烛，而缺少蜡笔，我正技痒，想在伙伴们面前大显身手呢。而这老师办公桌下的橱里，正有一盒满满的蜡笔啊。而这一“盒”不是我们学生一般使用的一“盒”。这么说吧，我们学生购买来的，是扁平的如一盒小型的香烟盒，一般是排列着两排，共有十来支，而这一盒则方方正正的如粉笔盒，挤挤挨挨地站立着几十支甚至上百支。如果说，小学生使用的蜡笔盒里聚集的是小分队，那这盒蜡笔就是集团军了。

几经犹豫，我还是伸出了手，抓了几次，把那光溜溜沉甸甸的蜡笔塞进自己衣服口袋里，共有七八支，或者十多支，甚至是二十来支吧。

第二天上午，我在自家的楼上，摆开了“工场”：在一个煤油炉上支架起一口搪瓷碗，忙得不亦乐乎，忙得兴致盎然……终于，在一叉树枝上开放出绚丽多姿的花朵。我陶醉在自己创造的“艺术”之中，欣喜不已，激动万分。

中午时分，我坐在家门槛上，翘首巴望着伙伴们来欣赏花朵，这时，住在前幢的我的好朋友小刚头放假回来，看到我就跑过来也坐在门槛上，还没等我开口，他就与我说起，上午老师叫了好几个同学去办公室谈话，问些到过办公室没有、几时去的、几个人去的之类的问题。顿时，我紧张起来，我觉得尽管没有直接说到蜡笔，但分明是老师发现蜡笔少了，在追查。

这束花朵，用现在的话来说，在一刹那，由一部高级的值得炫耀的手机，变成了随时会爆炸的手雷。这束花朵，因为美，我不忍销毁；又因为这束花朵里有来路不正的材料，我不敢拿出来示人，甚至生怕人家看到，而露馅，所以只有藏起来，深深地藏起来。

这件事最终没有“案发”，我也没有被“缉拿归案”，甚至，那老师“追查”蜡笔也可能只是自己的幻觉。但这么多年过去了，那个惊惶、恐惧的心理还是记忆犹新，它告诫我时时处处不能做“出格”“越轨”的事，老老实实地做人。

收音机

国初只大我五六岁，但从辈分上，我应该叫他叔。

国初与我同住一幢屋，在我 9 岁回家时，他和父亲到外面做砖瓦去了。记得我家还借住过他家的房子一来年，这是一间二层小房，破旧昏暗，但我家是平房，所以伏在他家楼上临窗的桌上写作业，顿觉得是那么明亮和惬意。听说国初年少时就死了娘，两个姐姐已经出嫁，所以家里只有他和父亲，而他的父亲我则喊他为公。

国初和父亲只是一年或者数年在春节时才回家，过完春节又要到外面做砖瓦了。在回家期间，他这个当叔的，更像是个大哥，带着我们玩。

那一年年关，年味越来越浓时，国初叔和父亲乘了长途汽车，再搭上小船，最后挑着行李出现在村里，同时出现在我们面前的还有一台收音机。这是如一块砖头大小但有两块砖头那么厚的收音机，外壳是淡黄色的塑胶板，光光的，前面右下角有三个黑色旋钮，一个调节音量，一个调节波段，一个调节频道，后面是一块三夹板，就比较粗糙了。这块三夹板可以拉动出来，更换藏在里面的两节电池，同时我们也看到了里面的部件、线路，还有那个圆形的喇叭。

国初叔拥有这台收音机，首先是他有钱，在那个年代出远门做砖瓦虽然辛苦，但比在家务农能挣钱，这台收音机依照国初叔和他父亲所说，我记得是二三十元；还有，国初叔之所以购买这台收音机也是与他们的职业有关，在偏远冷清的茅棚里做砖瓦，除了父亲，很少有人来往，有了一台收音机在旁，听听新闻、戏曲，也有个伴，热闹热闹。

这个稀罕物引得我们无数的好奇和羡慕，询问个不停，会情不自禁地上去摸摸，有时候，国初叔就把这台收音机摆放在楼下门口的小方桌上开着，几乎成为展览品、播音台了，我们围着它观看着，倾听着，谈论着。其中，国初的朋友会笑着提出把这台收音机转卖给他的意思，这时，国初的爸爸也就是我的阿公，会乐呵呵地表示着宽厚和人情：如果你要买，价格就低点。但这些都是过过嘴瘾而已，这台收音机还是在春节后，被国初叔带着出去了，到了年底又带着回到家里。

转眼间，我高中毕业在家待业，国初叔与父亲也在家务农。那个秋天，由于我们的亲密友好关系，国初叔大度地借给我收音机，约好是几天，那可是天上掉下一个大元宝，这几天收音机完全受我的支配，我可以不受时间不受频道的限制收听。

秋天的阳光从窗户照耀进来，金灿灿的，我就窝在床头，面前就摆放着那台收音机，或摆放在旁边的桌上，或就抱在胸前。而窝床头，是我的习惯，这是思想最集中，也是最隆重的仪式，不管看书还是什么，这习惯一直持续到现在。

这台收音机一下子把我与外面的世界连接起来，收听到来自遥远的声音。中央人民广播电台播报各地“狠批‘四人帮’，拥护华主席”的新闻，还有那“洪湖水，浪打浪”和“打倒‘四人帮’，人民喜洋洋”的歌声。这收音机会一直响到夜深，直到睡意袭来我不能再坚持为止。

拥有这台收音机的几天里，顿觉人生多彩起来，丰厚起来，也复杂起来。

自行车

转眼间，我高中毕业，国初和父亲也开始在家务农，不再外出。那个冬日的上午，一大帮男女老少照常在我家屋边坐在板凳或竹椅上，一溜子排开，晒太阳取暖。人们羡慕地看着国初身上穿着的蓝色“的卡”中山装，谈论着。那个时候，人们最好的衣服一般也是“卡其”，而这“的卡”是稀罕物。（“卡其”是棉织布，而“的卡”是刚时新的化纤产品。）国初能穿上“的卡”应该与父亲长期在外做砖瓦有关——既见过世面，又挣得来钱。这时候，国初用手掸了掸“的卡”衣袖和前襟，很郑重地说：这“的卡”穿也是八年，不穿也是八年，八年到了，这衣服就粉了的，所以我就把这衣服穿上了。“的卡”这样的高级衣服，也只是过年过节、走亲访友这样“特殊”日子穿的，现在国初在这个“平常”的日子里也穿着，那是很奢侈的，国初说这番话，既是发布这个“科学”的消息，也为自己穿着这件衣服作解释。

于是，人们在羡慕时，又得到了这个新奇的知识，也在心底里感叹这“的卡”真是好，不管如何竟然能穿八年，这样，谁不愿意天天穿呢，不穿白不穿啊。

这时，村头田边邮递员推着自行车经过，国初流露着那么渴望的眼神，深深地说了声：我最想的，就是能当上邮递员，有辆自行车骑骑，就是没工资也行。

那个时候，自行车是高级交通工具，不但需要一百多元，而且即使有钱，也购买不到，那可是紧缺物资，要内部凭票供应，岂是一般人所能拥有,除了邮递员能骑上那种特有的草绿色的行业自行车外,就是区委、公社和派出所这样的机关配备几辆。这自行车不仅是物质的,也是某种优越身份的标识。

国初能说出这样的话,并非是落后,反而还是“先锋”,之所以发出了这样的感叹,那是他曾经在外面学过自行车,如俗语所说的,现在正处在“学手熟”,那就是刚学会一点,还没有熟练时期,因此也特别的上瘾,特别的技痒,那个时候学过自行车的人都经历过这样的心理期,我也记忆犹新。

其实,骑不上自行车,没有自行车只是原因之一,即使有自行车我们这个地方也没有“环境”。比如,这邮递员几乎每天在村头出现,那车后架两边各挂着一个邮包,但邮递员大部分是弓着身子,拉着屁股,一手扶着车龙头,一手搭在坐垫上推着自行车前进,有时还要手提或者肩扛着自行车过去,因为我们这里有些凹凸不平的小路根本骑不上自行车。

能骑上自行车,当个邮递员即使没有工资也行。那个冬天,耀眼的阳光下,我的二十三四岁的叔辈国初,在中国乡村发出的最大理想。当初,他是如何每天眼馋着邮递员从村边经过,正如我们眼馋他身上的“的卡”中山装一样。

口琴和凤凰琴

曾经从小姑丈家里拿来过一支口琴。这口琴不是给小孩玩的那种，是真正的口琴，光从硕大的外形就能判断出，而且是品牌，银白色的外壳雕刻着“国光”两字。

姑丈曾经是海军，这口琴是退伍时带回来的。我们到姑丈家做客，并能把口琴带回来占为己有，除了姑妈爱怜我们、姑丈宽厚外，还有一个原因是，当时姑妈姑丈还没有生养孩子，以后他们有了孩子，年龄也与我们不同在一个“层次”上：相差十来岁。因此，这支口琴在姑丈家和我家有过几个来回：拿来，送回去，接着拿回来，再送回去……以后却不知所终了。

坐在前门的门槛上，把玩这支口琴，一鼓一吹移动嘴巴按顺序吹出“哆、唻、咪、发、嗦、啦、唏……”后来偶然得到的吹奏口琴的小册子，完全打破了我想当然的吹奏方法。我原以为口琴中一个孔设计为什么音，嘴巴对着这个孔吹就是，在这小册子上却读到什么“颤音”；除了吹外，还能“吸”出音来；特别是还有图上示意，用舌头堵上几个孔，再吹奏出一个什么音：这简直是太复杂太麻烦了。

于是，我口琴的“技艺”永远只是停留在按顺序吹出个“哆、唻、咪、发、嗦、啦、唏……”

但后来，我又拥有了一台凤凰琴。那时我跟随母亲在外读初中了，阳光明媚的五月，我回到了家。这是学校放的一个短暂假期：收割麦子和播种早稻的“农忙假”。不料，家里竟然出现一台凤凰琴，也不知这台凤凰琴来自何处或者是哪个人的，这也是我第一次见识名为凤凰琴的琴。

这凤凰琴木板构成的琴身，拉着四五根琴弦，琴弦上支着二十来根铁片，每根铁片上安着圆形的塑料片，红红绿绿的，大小如纽扣，上面写着“1”“2”“3”“4”……要演奏时，右手拿着一个塑料片，拨动琴弦，左手按下那写着音符的键盘，就是了。

显然，这与口琴相比，直观，又具有操作性。

独坐楼上，把凤凰琴摆在写字台上，饶有兴趣地弹奏起来，那不成曲调的乐声，如溪流叮咚，如小鸟啾鸣。窗外，天空明朗，田野上一片翠绿，我的心里也快乐得无与伦比。

弹奏最多的是当时流行的《红星照我去战斗》，那是电影《闪闪的红星》中的插曲，歌词“小小竹排江中游，巍巍青山两岸走……”不但家喻户晓，而且滋润了无数干涸的心田。

假期结束后，我还带上它，为了不使它太触目，用报纸包上，再涂上糨糊，乘着汽船回到母亲工作的地方，继续与这台凤凰琴为伴。我不是乐者，而且永远也成不了乐者，如今，我偶尔哼几句，妻女会说我“比哭起来还难听”。岁月远去，但那台凤凰琴时常闪现在眼前，那乐声还余音缭绕，还有那朦朦胧胧的青春情怀若隐若现。

第三辑

爷　爷

终于见到我的爷爷。

在这本 1995 年重修的《长山李氏宗谱》第 24 页，我找到了我的爷爷。

在我爷爷名字的旁边，写着："生于一九〇三年卒于一九四七年娶前岸陈陈姐生于一九〇四年十二月廿五日卒于一九九五年合葬牧屿山。"

这就是记述我爷爷以及奶奶的全部文字。45 个字记录了两位先人的一生：出生、结婚和死亡，还有最后的归宿地。

这些史料对于我们后人来说是重要的，而且是珍贵的，但显然，我并不仅仅需要这些。

当我写下爷爷姓名"李显后"时，顿时感慨无限。我读过的书数不清，我写过的字不计其数，但这三个汉字按这样的顺序排列我还是第一次书写，还是第一次看到。

名叫李显后的爷爷，对于我们后代意味着什么？在这宗谱"线路图"上，爷爷对于我们是一个承上启下的人；如果没有爷爷，我们都将成为空白。但一直以来，爷爷是被我们忽略的人物，甚至是遭嫌弃的人物，这不仅仅是因为我们没有见过他，更因为他身后全是名声不佳的传闻。在前年清明节我才忽然想到爷爷，思考起爷爷来，写下了《祖父：一个被忽略的人》的散文，发表在当地日报上。

如今，我是如此关心死去已经六十多年的爷爷，在家乡，逢到上了年纪的人，就会问："你记得我爷爷吗？""我爷爷是怎么样的人？"……

我大姑妈说，爷爷死的那年，她19岁，已经出嫁。我叔叔说，爷爷死时，他12岁，我的父亲14岁，小姑妈刚出世。现在根据宗谱上当事人的生卒记载，再进行推算，这些都得到了确认。我爷爷死于45岁，并不是我原来在《祖父：一个被忽略的人》里推测的三十多岁。

我的爷爷那年是在宁波做工得病回来后死的。对于去宁波做工，我探问过多人，大致是这样的，就是像现在的民工一样，站立在街头，等待雇主来叫唤，去干各种各样的活，包括农活。那个时候有"走宁波"之说，大概相当于现在的"下南方""下深圳"。我大姑妈说得更明确，那是到宁波当"割稻客"。我大姑妈说，她出来赶集时，有人告诉她，你爸从宁波生病回来了。但大姑妈不敢直接前去探望，因为公婆管得很严。我家在小镇的南边，大姑妈嫁在小镇的北边，与小镇各相隔两里。如今年已八旬的大姑妈回忆起此事，神色俨然，挥了挥手说，要是换成现在，早就一下子跑去了。大姑妈回去后经得公婆同意，才前来探望了爷爷几次。我大姑妈说，我爷爷想吃鸭子，但没有钱买，只带去几只梨。

宁波回来没过多久，爷爷就死了。爷爷究竟死于何病，这成为永远解不开的谜了。但爷爷应该死于那个年代落后的医疗，更死于一个家庭的贫困；我窃想，也许只是一些小病小恙，换成现在，也许还可以再活几十年。在写这篇文章后的一个晚上，我吃饭还是好好的，饭后马上觉得身体不适，夜里整个胸口疼痛得喘不过气来，睁不开眼睛，只有"啊哟啊哟"直哼哼的分，送到医院急诊，打针吃药才缓了过来，医生说，这是急性肺炎，起因说不好，哪怕是喝酒喝茶呛着了，就能引起。在住院的日子里，我去探望同样在住院的表妹海燕说，这让我想起了爷爷，爷爷当年也许就生类似的病，但他没有得到治疗，死了，而我却活过来了。

爷爷死于壮年，但直到如今全是这样的传闻：性格暴躁，行为粗暴，赌博，酗酒，一句话，不是那种持家、勤劳和敦厚的人。我的大姑妈和叔叔都提到小时候被差遣去小镇买酒的事，而且爷爷专喝白酒。我不明白，一个贫穷的家庭还有多少钱可以用来赌博？我问过大姑妈，爷爷是以何种方式赌，以多少钱或者以什么为赌注，还有在哪里赌？但大姑妈对这些具体的事情却说不出所以然。也许时间久远，大姑妈已经记不得了；也许那个年代，女孩根本不可能涉足这样的场合，因此也无从知晓。

对于爷爷和奶奶的婚姻，大姑妈心痛地说出一句类似于“男怕入错行，女怕嫁错郎”的俗语（只是我没有记住原话），为自己的娘也就是我的奶奶抱屈。“你爷爷时常回家要打你奶奶，你奶奶在前面逃，你爷爷就在后面追……”这是我幼时听现在已经去世的显树公说的。这个细节飘过岁月的风雨一直埋在我心里，以至于我奶奶去世出殡那天，鼓乐响起，我眼前浮现起爷爷追打奶奶的情景，热泪就流了下来。

我觉得我的奶奶是世上最温厚最善良的人。奶奶去世十多年了，我时常甚至是午睡时，梦见奶奶，在喊叫中惊醒来。我大姑妈说，我奶奶娘家是一个富裕人家，有田地几十亩，后来有人就怂恿爷爷，现在男女都可以分家产（这个时候应该是奶奶的父母去世了）。于是，爷爷和他的舅也就是我奶奶的哥哥发生争吵纠纷，就断了往来。我大姑妈说，后来奶奶的哥哥被打成了地主成分，再后来“困难时期”没饭吃，戴着一顶笠帽遮人眼目来找我奶奶，我奶奶就偷偷地把自己那份饭给他吃了，而自己饿着肚皮。

在回家的这几天，我心底里升腾起，我要去奶奶的娘家，也就是奶奶年少时生活的地方走一走的念头。或者说，在回家的行程中，我就有去奶奶娘家走一走的期盼。这天，一大早，我从家起身了。那个叫前岸陈的地方，我也知道大致方向和位置——在我家的西南角，五六里远吧，但我一直没有去过。

当离前岸陈越来越近时，我心里越发地紧张，越发地激动。当我经过多次打听，终于踏上这片土地时，只觉得血液直往头顶涌动，胸口“怦怦”地直跳。

在一幢屋前，我询问了一个老妇，也终于明白过来，这前岸陈只是一个村的一个片，也就是一个自然村。这里原是偏僻一隅，河道环绕，进出只是在河边、田埂上行走；现在不但城里到火车站的宽阔公路在村边通过，就是屋前屋后也可以行驶汽车。

那老妇见我在村中穿行探望，好心地询问我找谁。我找谁呀？我找我奶奶，找我奶奶的童年，找奶奶的气息、奶奶的脚印！

在100年前这样的日子里，有一个6岁的女孩曾经在这里生活，我似乎看见这个身影在闪动。那时，奶奶应该生活在一个富裕的家庭里，有过快乐的童年，但一桩婚姻改变了命运。还有，宗谱上写着我奶奶叫“陈姐”，这应该是有误的，准确的应该是“陈小姐”。奶奶的姓名我不但从小知道，而且后来在居民身份证上也看到。我们可以感觉到，那个年代起这样的名字，表示着父母对她充满怜爱。

奶奶在世时，应该是几十年没有再去过原属于她的家了。但奶奶曾与我轻声说起，在她的娘家，村头，有棵很大很大的樟树……奶奶身不能回家了，但在回忆漫漫往事时，一定是神往那块生她养她的土地。在我奶奶临终的前几天，奶奶的哥哥的儿子也就是我奶奶的侄儿，我父、我叔的表兄弟，终于前来探望。当时我就在家，这是一个已经六十多岁的老人了，微驼着背。临终前，如何对待她的侄儿，我奶奶留言：我去了后，报也不要去报，如果来了，要接待。（“报”是指“报死”，当地民间风俗，家里死了人，要差遣人去亲戚家相告死讯和出殡日期，亲戚来送葬。）对于前辈的纠葛，我们再也不可能知晓，但在处理事情上，我奶奶一生乃至临终都忍辱负重，做到有理有节。

奶奶和爷爷生活了二十来年，那是怎么样的二十年？除了贫穷、艰辛，还有精神上肉体上遭受的伤害。嫁鸡随鸡，嫁狗随狗，那个时期女人的命运，包括我爷爷死后，留给奶奶的苦难。

我开始审视爷爷，我得尽力接近他，还原他，探究他，甚至去理解他，并异想天开地想与之对话。比如，现在我一吃到鸭子甚至一见到鸭子，或者面对满桌菜肴时，我就会想到爷爷，想到爷爷临终前想吃鸭子都没吃上。

这次我听我叔叔说，那时，家里也有亩把田，很小年纪就跟着爷爷下田干活。那么，爷爷也不完全是一个游手好闲的人，起码家里活还是要做的。至于这次去宁波做工，是爷爷的生活常态，还是偶然为之，我不得而知，但这次爷爷是在做工中得病去世的，至少还死得有点光彩。

我想到不久前读过一位名人的一句话，叫“语言越暴力，内心越脆弱”，我想，同样，拳头越硬，人格水平越发低下，特别是向老婆、孩子举起老拳，更是让人鄙夷。爷爷生活于社会的底层，大字不识一种，属于社会弱势，只有向更弱势的老婆、孩子发威，得到宣泄，显得威严。赌博、喝酒，是他获得快感或者是麻醉的方法和手段。爷爷这样的人物对于一个家庭来说，其实就是一种不幸，这里并不仅指贫穷。我甚至认为，爷爷活在这样的癫狂、烦躁中，从来没有面对村边那条日夜流淌的宽阔大河，发一回愣，思索过自己的做人和将来。

爷爷去世 13 年后，我才出现在这个世界上；我现在的年龄已经超过了爷爷去世时的年龄。在《祖父：一个被忽略的人》的最后，我写道：“我忽然想，在我的身上既继承了祖母柔软的一面，血液里又流淌着祖父暴躁的因子。”现在我又忽然想起，何止是我呢，凡是爷爷之后的家族里，都存在着这种状态，只是哪种占的成分更多而已。我希望的是通过“锻造”和“修炼”，一代比一代更“优化”——这也是人类希望所在。

姑　妈

我的小姑妈李彩娇，人家习惯以“娇”单字相称。我的小姑妈出世50天，我爷爷就病故。我的大姑妈说，那时我奶奶为生计奔波，十来岁的我的父亲、我的叔叔，就为他们的妹妹喂糊、打包。喂糊、打包，是当地的一个习惯的说法，喂糊，就是给婴儿喂一种糊状的食物；打包之包，书面语叫襁褓，那就明白了。可见我的小姑妈的长大是多么不容易。听我大姑妈说，以后，我父亲母亲出来工作，我奶奶也跟着出来带养我们孙辈，小姑妈曾经在大姑妈家生活了一段日子。大姑妈与小姑妈年龄相差十八九岁，这里面有长女如母的意思了，而且大姑妈的大女儿与小姑妈同龄。后来，小姑妈就嫁到我村庄南边的邻村。当时，小姑妈18岁。小姑丈叫友方，年长小姑妈好几岁，当时在部队当兵，是海军，后来就退伍回家了。小姑丈是一个温厚的人，胖矮的个儿，而我小姑妈高个儿，是一个爽朗的人。我年少时，时常看到这样的情景：逢到什么不合意的事，小姑妈总是对着小姑丈高声责怪，小姑丈在一边只是笑笑，待小姑妈喊过了后，才轻声解释。“友方待娇很好。”时至今日，我的小姑妈去世20年了，我的小姑丈再婚了，我年已八十多岁的大姑妈还是这么评定的。

小姑丈有点文化，能写会算，因此，做过生产小队、生产大队的会计，算是比较富裕的，当时所谓的富裕，就是有点零用钱。小姑丈家里有个大口琴，国光牌，是从部队带回来的，我们就把它拿回家，“呜呜”地胡吹一通。我在外读小学毕业班时，听我母亲说，小姑丈大队买来了拖拉机，由小姑丈来驾驶，我心里很是得意和自豪，梦想着有一日能坐上小姑丈驾驶的拖拉机，那是多么威风。尽管我一直没有看到小姑丈驾驶拖拉机，甚至没有见到过小姑丈驾驶的拖拉机，但一直想象着小姑丈驾驶拖拉机的模样。其实以当时当地道路情况，小姑丈驾驶的拖拉机就是手扶拖拉机，甚至是没有拖斗的，只是用来犁田、耕田而已，而且从一地到另外一地劳作，必须用船载过去，再用人力抬上来才可。

小姑妈长我一辈，但与我们姐弟特别说得来。在 1978 年 3 月 12 日，农历二月初四，中午我将从家中出发去县城工厂报到上班时，小姑妈闻声急匆匆赶来，提上我的行李，把我送到汽船埠头。这当中，小姑妈塞给我六块钞票。

而我有记忆的第一次见到小姑妈，是在八九岁时。当时奶奶不习惯在公社的院子里生活，带着我回家的第二天或者是第三天上午，奶奶在小屋旁边的菜园里整理着。菜园上有一棵桑树，我就在树下玩耍，这时，就在前面田间的小路上，一个细高女子朝我们走来，这就是我的小姑妈。应该是小姑妈听到我奶奶回家的消息，赶来了。当时小姑妈还没有生育孩子，因而，对孩子特别好，记得一次，我弟弟到她家做客回来后，因零食吃得太多而腹胀肚痛，上村医疗室打针。

后来小姑妈生育了两女一男，即我的表妹表弟。但在小姑妈的儿子即我的表弟海兵 16 岁那年，我的小姑妈却得了不治之症。开始只是觉得一条腿麻木、生痛，住在县医院久治没有效果，而且查不出病因，情况似乎很严重。我父母家成为他们的落脚点，小姑丈、表妹表弟都在那边吃饭、住宿，我们时常前去医院看望。一次小姑妈暗自伤情，扑在床头就哭起来：从不生病的，怎么就生起了个“死病”，我的三个儿女都没有头圆啊……“头圆”在农村指的是孩子还没有结婚成家。

后来联系好送到省城医院。过了几天，小姑丈、小姑妈乘班车回来，当夜到我父亲家住宿。事后，我父亲喜笑颜开地说，小姑妈当晚尽管是瘸着脚爬上公寓的三楼，但人未到门口就喜不自禁地高叫“阿大，阿大……”就觉得好事来了(我们当地喊哥哥为“大”或者“阿大”)。是的,经专家诊断:没事的,很快会好的。在这几天里,简直是沉浸在喜气洋洋的气氛中,我们闻声后到我父母家看望,小姑妈更是喜上眉梢地叙述,在省城,小姑丈在街上被拐了一百多元钱。小姑妈认准一个道理:自古道消钱破灾。一个大男人身上的钱什么时候被掏走都不知道,这不是天意吗?

但小姑妈回家没几天,病情忽然加重,几乎不能动弹,小姑丈马上来县城求助,我父亲联系了医生,当时应该是星期四或星期五了,医生安排说,那就下星期一上来吧。事后,小姑妈对我们说,人要命了,就眼巴巴地盼望这几天快快过去。可想而知,当时是何等难挨。

这样,小姑妈又重新住进了县医院,又重新上了省城医院。就在不久前,父亲说起小姑妈上了省城几天后,小姑丈打电话到父亲单位的事。父亲说,这次一听喊接电话,身体就发抖了。果然不妙,经专家会诊,救不了了。

专家最后会诊的结果是小姑妈大脑某关键部位长了恶性肿瘤,而这个关键的部位又不能开刀。

小姑妈生病,也正是家庭经济困难的时候,在此之前,小姑丈小姑妈在外与人合资办厂亏空了,医病的钱全是借来的。小姑妈回来,只有在家扛着。小姑妈某夜梦见一杆杆白旗扛过来了,第二天说,自己已经没救了。但一听到邻居来探望说起某某地一个道士医效如何神奇时,又吐露出愿望:“再把我送那边医一次,如果再不行,我也心甘了。”小姑丈又借钱用船把小姑妈运到某地,再背着她上去。结果可想而知。

小姑妈临终前,父亲和弟弟前去探望。弟弟回来对我说,姑妈头发剃得光光的,眼睛睁得大大的,挺吓人,几乎认不出来了。小姑妈对我父亲的嘱咐是:三个小孩办好事,你要来的。一是可能小姑妈口齿已经含糊了,二是这“办好事”是民间的说法,是指办喜事。开始我父亲还没明白过来,经人提示,我父亲懂了。

因此，以后我小姑妈三个小孩的喜事，我父亲都去了，不但去了，而且还参与其中热情操办。我从小记得，父亲母亲不但从不参加亲戚的喜事，也几乎不参与春节拜岁走亲戚，都是叫我们当孩子的代替。

我之所以在小姑妈最后的日子没有去看望，包括最后的送葬，那是因为当时一是我在工厂上班脱身不得，二是我妻子分娩在即，因此我父亲也没有叫上我。今年我女儿20岁了，那么，小姑妈去世也20年了。这么一个计算方式，我忽然想到了我奶奶、我大姑妈的计时办法，不过，我还记得公元时间：1989年。小姑妈时年42岁。

就在不久前，我父亲和我姐姐在我家谈起，那时经省专家诊断后，还可以去上海确诊，但上一趟上海，匡算了一下得花费6000元钱。我姐姐说，那时CT华东地区只有上海医院有。我父亲说，不，那省城医院原来是有的，但当时不巧坏了。

想到现在我的表弟海兵造了高楼四五间，做生意收入丰厚，可那时就没有6000元。我无言又沉重。但父亲说，即使送到上海，只是确诊出来，但那病还是没有办法的。这也让我稍做了自我安慰，只能说是天注定了。

小姑妈的墓地就在集镇的小山上，送葬起身时，小姑丈特地嘱咐领队的，不要经过我家门前这条路，以免让外婆，也就是我奶奶看到伤心。但绕道是绕道了，必须经过一座桥，这座桥离我家也不远，当我奶奶听到鼓号声时，后来人家对我说，我奶奶整个下巴都在颤抖。

我的奶奶，面对着一个自己守寡历经艰辛带大的孩子先自己而去，心中是何等悲伤。在此之前，小姑妈躺在床上被定为不治之症后，奶奶让人用小船接去，来到了小姑妈家，快到小姑妈家门前时，跑出一个侍奉小姑妈的亲戚，对我奶奶说：外婆啊，你可不能哭啊。我无法想象，此时已经八十五六岁的奶奶是如何强忍悲伤，而平静与我小姑妈细声劝慰交谈的。

小姑妈去世后的一个正月十五，我家后幢的一个叫有竹的男子，看见小姑丈在给小姑妈领坟（当地有正月十五给坟墓培土的习俗，也俗称领坟头），回来对我奶奶说：哪有心肠这么软的男人啊，这个友方，一边领土，一边用袖子擦着眼泪。

小姑妈的三个儿女先后成家了，有生活多有波折的，有生意场上滚打富起来的，不管怎样，他们缺少的是一个娘。其中有女儿碰到悲伤时，就跑到这小山扑在小姑妈的坟上痛哭。

每年清明节，我上家乡这小山头祭奠奶奶后，也会经过小姑妈的坟前默立一会儿。小姑妈清晰的身影显现在眼前。

二叔婆

童年，我回到家乡。

我家所在的这幢屋整体是坐北朝南，呈冂形。我家在这幢老屋左边，坐西朝东，是三间平房。以后我也逐渐明白过来，这三间房子并非全是我家的。北边的一间破烂得不得了，开着“天窗”，不是一般的天窗，屋顶几乎没了一半，以后在里面我关养过鸭子。这一间房子是我叔叔的，当时叔叔全家跑到外面做砖瓦去了。南边的房子是我二叔婆的，但二叔婆带着儿子已经改嫁到外地了，所以这间房子也空着。中间一间才是我家的。

对于二叔婆，我以前应该有一个似懂非懂的了解。二叔婆，那是我爷爷的弟弟的妻子。我奶奶与二叔婆的关系，如果用我们当地的称谓是“两叔伯姆”，用书面语来说，是妯娌。那两间房子的归属“级别”就不同了，北边的是我父亲的弟弟的，南边则是我爷爷的弟弟的——二叔公。但二叔公至今生死不明，准确地说应该是死在哪里至今不明。

在家谱里，我爷爷的旁边就是二叔公，他叫李显前。在我们当地起名是有讲究的，我爷爷是“显”字辈，因此名字第一个字都是“显”，我父亲一辈，第一个字或者是“祖”，或者是“国”，而我这一辈叫“炳”。因此，在家乡排辈分，或者叫称呼，看名字就可以断定。而我的名字中没有“炳”，大概出来做“工作同志”的父母，追求新思想，因此并没有按家乡的习惯沿用下来。

但我在二叔公和爷爷的名字上发现一个疑问：爷爷是显后，二叔公是显前，这不对啊，一般来说，兄弟之间，哪怕是双胞胎，也应该长者为“前”，少者为“后”，怎么二叔公成为“前”，而爷爷成为“后”了呢？我问大姑妈，大姑妈愣了一下，也说不出所以然来。

我大姑妈说，二叔公是个麻子。二叔公是“卖壮丁”走的，从此没有音讯。二叔婆开始也靠着卖壮丁得来的钱生活，但也维持不长，俗话说坐吃山空，后来变卖家产，最后只好带着儿子国富改嫁了。这也让我想起，二叔婆家所谓的“平房”其实是有“楼上”的，那时，我就爬上去玩过，类似于阁楼，但上面有一个小窗口。从一层到二层，有个门洞的，现在我明白，那原来应该是架梯子的地方，后来梯子应该是变卖了。对于卖壮丁，我的大姑妈解释说，有钱人抽到壮丁要去当兵时，就用钱“买”一个人去顶替，这叫“买壮丁”；没钱的人，就把自己“卖”了，替别人去当兵，这叫卖壮丁。大姑妈说，人家抽到壮丁去当兵，应该村里请他吃饭，二叔公走时，却请保长等吃饭。二叔公打料是要逃回来的，这里有到时还得请保长们多关照的意思。哪里知道二叔公一去不复还，连一点音讯也没有。也就是去年底我与大姑妈谈及这事时，我大姑妈说，现在就有一件事，从香港传过来消息，一个八十几、将近九十岁的男人，在找家，说就是在官塘岸的，八成是二叔公？我推算了一下，如果我爷爷还在世应该是105岁了，可他还只有九十来岁，是真的吗？但我推测了一下奶奶与二叔婆的年龄，我爷爷与二叔公相差十几岁应该是存在的。

二叔婆我小时候见到过几次，是一个打扮干净、说话利落而且有点娇润声音的阿婆，现在我听叔叔说，二叔婆是在猪行里称秤的，这让我明白了，这就是以前称为“牙郎”的人。所谓“牙郎”是指集市里肩扛手提大秤小秤，给买卖双方称物品，并算账，待完成交易收取“小费”的人。我最近一次见到二叔婆也应该是二十多年前了，在20世纪80年代初期，那时我刚安排工作不久，二十多岁，那一天，我在家休息，到小店去买什么的路上碰到迎面走来的二叔婆，二叔婆召唤着我的名字，问：“你爸在家吗？”我爸妈工作在外，一年也难得几次回家，那天，刚好在家，也是一个凑巧吧。接着,二叔婆对我诉说着:我富也不听话啊……那是一个阿婆对一个孙辈亲人的倾诉,是一腔苦水郁积着的宣泄。二叔婆改嫁过去后,生育了几个孩子,二叔婆这里所说的富,就是她带过去的儿子、我叫作表叔的国富(或国夫)。表叔国富每年春节都会过来拜岁,准确地说,这里是他的家,是我奶奶的侄儿。他叫我奶奶从书面语上是“伯母”,但我们那边叫“娘”,只是从普通话的第四声转为第二声。

表叔国富生得瘦小,坐着轻声细语地说话,这熏黄的手指头夹着一支烟。对于二叔婆所说的“不听话”,我也有过耳闻。这表叔国富平时也没有什么特别的,我想作为一个继子,一个“拖油瓶”,一个没有高大个儿又小气薄力的男人,应该还是卑微的吧。但好喝酒抽烟,要喝酒,向妻子要钱,妻子如果不给钱,就又打又骂;给钱,喝了酒,更是对妻子又骂又打。妻子实在忍受不了,就跑回娘家。表叔妻子的娘家,就在我家的邻村,步行二十来分钟即到,每次都是二叔婆到媳妇娘家赔不是,求媳妇回去。二叔婆说,媳妇是一个好媳妇,贤惠,没多话;媳妇也说,婆婆是好婆婆,关心她,帮她照料这个家。每次媳妇都看在婆婆的面子上回去,但又过不了多久,表叔又会故态复萌。那次二叔婆来我家,是从媳妇的娘家求媳妇回去,再顺道前来与我父母倾诉。但最后,表叔家还是分崩离析了,我曾听我奶奶说,那女儿 13 岁了,让她妈带着走了。这“13”的数字,不知为什么就印在我记忆里,如今,也应该四十来岁了。以后,我又曾经听人说起过,这老富头啊,没有了女人,家已经不像家的样子了,靠做一些小工过日子。

在十几年前,我奶奶躺在床上不吃不喝最后的十几天里,所有的亲戚包括已经很少来往的,都前来看望我奶奶。二叔婆闻声也赶来了,但二叔婆来的那天,我没在家,后来听人家说起,二叔婆未进门就哭,泪流满面说着:以前,我们两个寡妇,哪个会看得起啊……

表叔国富没有来。听说这个时候他在一个工厂烧饭和管过门口,也许他想到自己的失落,自己的潦倒,而没有脸面见人吧。后来听说他死了。

我的二叔婆真是命途多舛，年轻守寡，再嫁后，与第二个丈夫生的一个儿子在二十岁左右死了，当时我在读小学，我母亲赶去探望过，再后来，他与我二叔公生育的国富死了，第二个丈夫也死了……

现在也不知道二叔婆是否还在世；如果在世，也是耄耋之人了，多想前去看望看望她，亲口叫一声“二叔婆”。以前我小，二叔婆来我家，我奶奶提示我叫“二叔婆”，而我以为叫“二叔婆”是多么土气和拗口，就简单地以“婆”相称。现在叫二叔婆，在我心里，不仅仅是增加了两个字，而是对一种血缘、亲情的认同和珍惜，多想当面这么叫几声啊。

外公外婆

外公外婆已经走了多年，想一想，外公应该有二十多年，外婆也有十多年。

外公外婆越来越远去，而外公外婆的形象却越来越清晰起来，时常浮现在我眼前。

但外公外婆对于我来说，没有曲折、离奇，甚至没有完整的故事，有的只是那点点滴滴，外公外婆在我心中，其实更是一种“气氛”，一种“格调”。

外公外婆所在的村庄，无论从行政区划上还是交通上说，都是角落之地。进入外公外婆家，要沿着河岸或田间小路行进，就是经过的一些石桥，也呈歪斜、颓败之势。

俗话说，一方水土养一方人，外公外婆的村庄除了农业生产外，还有一个副业，那就是做砖瓦。做砖瓦，是很忙碌，很辛苦的，但在当时清闲又清贫的社会里，毕竟是有“进账”的，所以外公外婆家做“日节头”也多。

这农历的“七月半”，都是在学校放暑假期间，我也从母亲工作之地回到家里，外婆几乎在每年差不多时间，捎来口信叫我去吃“七月半”。吃“七月半”只是一个“由头”或者是说“借口”，在“七月半”的前几天我就去了，吃了“七月半”后，外公外婆还要留我一段日子，因此对外公外婆家更加熟悉

水埠头旁，就是外公外婆家的“泥潭”，外公就在这踩踏每次买来的

泥，这是对泥的“粗加工”。做砖瓦，是在一个用稻草搭起来的“工棚”里，俗称“茅厂”，也成为做砖瓦村庄里的一个“景观”。白天，外公外婆会带着我到“茅厂”里做瓦，外面骄阳似火，“茅厂”里由于晒不到太阳，而且前后通风，还堆着清凉的泥，所以还是舒适的。我就坐在地上玩外公外婆做瓦丢下的泥，渴了就端起那只盛满凉开水放在泥上的搪瓷牙罐喝。外公外婆每做好一只瓦桶，就要戴着笠帽，顶着烈日，把瓦桶提到前面的平地放好，让瓦桶尽快晒干。直到天黑，外公外婆才会收拾停当，回到家点亮油灯吃饭。

我的家离外婆家三五里，而外公外婆的家离我母亲工作的地方则有十多里，那时我跟随母亲在外读书，母亲有事，就在星期日派我去外公外婆家。因为母亲在公社工作，还是可以在供销社“走后门”，记得母亲多次从卫生所里拿来盐水瓶，打上 9 分一斤的米醋，叫我带给外公外婆。对着这样的“稀缺物资”，外公外婆总是喜滋滋的，享受着这“厚遇”——在紫菜汤、榨菜汤里掺入米醋，那味道就大不一样了。而年关，我也得到外公外婆家一趟，送上一些年货，包括几张画放在提篮上带去，这些画并不是什么年画，而是有关农业“植保”方面的。印象最深的是一大张秧苗依次从小长到大的画，其中有文字说明每个阶段施肥、治虫等，外公外婆还是把这画贴在墙壁上好几年，作为装饰，我每次去都能看到。

外婆生得瘦小，快言快语的，表情生动，就是对着我这个外孙，也会叫着我的名字，叽里咕噜诉说着。外公身材高大，现在想起来，我小时候，他背就有点弓了。外公话语不多，但愤怒起来，会吼上几下，同时，外公又有着豁达的性格。

繁重的劳动之余，外公好喝上几口，村里的小店开在小学边上，门前就是小河。外公去打酒时，也会带上我，我也静静地跟着，外公会买上一块糖，给我吃。外公也曾带着我去赶过集，那是相邻的一个小镇，外公去这个地方赶集，是摇着小船去的，于是，往往出现这样的情景，船离岸了，又有人提着篮子高喊着急匆匆赶来，小船只好又靠岸。金色的阳光晒下来，小船哗啦啦地荡开水面行驶着，我的心情很是开朗。外公每次出来赶集，外婆总是交代着这次该买什么什么的，如果要买平时不常买的东西，以防外公忘记了，就有一个土办法：在外公手指头上箍上一圈线，这样外公一看到或碰到这线圈，就会想到该买什么了。外婆告诉我这个记事办法，自己也会哈哈大笑起来。

夜里轮到外公去前面生产队的窑上烧窑或担窑水时，外婆会给外公留门，听着外公推门回来，或者催着外公起来，叮嘱外公多穿一件衣服，再叮嘱着要小心，黑暗中听着楼下的门打开，外公的脚步声远去。两老就这么相扶相持，操持着这个家，走过一天又一天。

在我已经通过身体检查，即将到工厂报到上班那个春节，是我最后一次到外公外婆家拜岁。那个时候乡镇企业刚刚起步，外公外婆家灶台用上了当地产的鼓风机。外婆满脸是笑，叫着我的名字，激动地说着：你说现在的人多懒呀，连风箱也不拉了，也不知道以后会怎么样。

而我记得外公最后一次来我家拜岁，那时我也休息刚在家。外公年纪越来越大了，身子也越来越弯了，吃了晚饭，天已经黑了，我打着手电筒送外公回去，走在河边，走在田间，外公不断地说着，可以了，你可以回去了，可以了，你可以回去了。但我还是送外公一程又一程，这时候，我已经 20 岁，是一个工人了，也是外公的长外孙，我表达着对外公的一点心意，一直把外公送到外公家的村边。

没有多久，我回到家，就听奶奶说，外公眼瞎了，我捉上家里的一只母鸡提着，去看望外公。外婆急切地与我说着外公的病情，烧了黑木耳给我吃；而外公落寞地静坐在一张石凳上，一个家庭的主心骨就这么显得无助，我坐在外公的旁边说着话，显得心酸。

而以后外婆的去世则有点突然。外婆曾经到过城里，说话和做事显得那么利落，可回去不久，就陷入昏迷，不几日就离开了。

岁月远去，我却愈来愈怀念外公外婆，外公外婆显得如此真切和生动。于是，我更加责备自己，在外公外婆老去时，特别是最终的日子里，没有尽到孝心、孝道，去多多看望他们。于是，愈记着外公外婆对自己的好，我从小就不是一个生性活泼、嘴巴乖巧的人，外公外婆从来不斥责，不厌恶，对我是那么和善，充满着爱意。

在这个秋天，我回家时，其中一个安排就是要到外公外婆坟前祭奠，而且，我想好了，我就得直直地跪下，恭敬又虔诚地磕上三个头。我小时候，看到外公外婆做“七月半”时，是这么跪拜先人的，现在该是我跪拜他们了。但又由于另外的事，坐在朋友的车上就在这小山下一闪而过。我这才想起，我本来就不知道还是已经记不起了外公外婆的名字了，但我相信，只要我到了公墓里，我还是能找到的，我是送外公外婆安眠在这个地方的，或者看到墓碑我会能判断出来这就是我外公外婆。

外公外婆家那是一个水网地带，如今，火车站就设立在边上，由城里通往火车站的宽阔公路就在我外公外婆的屋边穿过，假如外婆还在世，她会是怎么样的激动呢，我想象着，当初对着一只鼓风机就那么激动的外婆，对着我又是怎么一番兴高采烈的诉说。如今，我偶尔回到家，张望着村边的大道，戚然和怅然：我那弓着身子的外公再也不会出现了。

疯　子

这次回家，我关切地问起老二和阿莲。

老二没了，离家出走已经多年，不知所终，定是成为无处查找的无名尸了；阿莲已经死了，最后，是整个儿傻呆了。

老二和阿莲是两个疯子，老二是男疯子，阿莲是个女疯子。

年少时，我有“三大怕”：怕狗，怕蛇，怕疯子。那狗，虎视眈眈，龇着尖牙，吐着血红的长舌，气势汹汹，随时有扑上来撕咬的危险，让我胆战心惊；那蛇，吐着口信子，让人一看就浑身起了鸡皮疙瘩的长身子，听说能缠死人，牙齿有能让人毙命的毒液，更是让我毛骨悚然；而疯子，尽管不是动物，但关键的是失去理智，把我们小孩掐死玩死，还不知道自己做错事，你说不是更可怕吗？

因此，这三个“敌人”的存在，我对这个世界充满恐惧，如要单独外出，首先想到的是他们。假如偶然碰见，这真是魂飞魄散。

我们村庄有两个疯子，但我们却从来没有怕过他们。

男疯子我至今连他的名字也不知道。生活中谁也没有叫过他的大名，就是生产队写在墙壁上社员的出工名单里也没有他的名字，因为他从来不参加劳动，准确地说不会或不知道劳动。但他有一个绰号，叫“老二”。当时他三四十岁，个子不高，但蛮结实白净的，天天低着头，口里喃喃着，不知说着什么，永远处于懵懵懂懂之中，在村里进进出出。我们小孩一看到他过来，就快活地“老二老二”的叫起来，他会停下来，说着答非所问的话，让我们哈哈大笑，也会面无表情地“嗯嗯”应着，仍旧低头走自己的路。老二家是地主成分，打入社会“另册”的成分，那是很臭的。而且老二成为疯子与这地主成分有直接的关系。老二家以往的具体历史，作为当时的我以及现在的我无从了解，但我曾经听过一名大伯有一段“高论”。此大伯与我家住在同一幢屋，家庭成分贫农，不知患了什么病，只能整天坐在屋檐下用石块支起的石条上数十年，直至老死。由于家庭失去了主要劳动力，孩子一大堆，所以贫穷得很。他仗着自己是贫农出身现在又贫穷还有这病身，因此时会语出惊人。一次有人咒骂老二家是地主，他就梗着脖子叫着：“这石磨头（此为老二之父的绰号）算什么地主，还不是靠自己苦着省着买了几亩田，现在房子分了，田也充公了。”我也时常看见老二的老爹，干瘦的身子，老眼昏花，花白的山羊胡子，沉默地在屋前屋后拾些竹叶扎着柴火，还是改变不了劳作的命。至于老二为什么发疯，我听奶奶慢慢地叙述过一个片段：那时，老二只有十几岁，在外读书，长得白白嫩嫩的，很聪明很用功，有一次他从学校回家，家里的土地也刚被分了。他还没走进家门，一群人高叫起来“地主儿来了，地主儿来了”，就把他捆绑起来，在田头挂牌批斗打骂，从此就神志不清。我们可以想象，一个少年，稚嫩的心灵如何经得起这暴风雨的冲击。那疯子也是奇怪，他与正常人无法交流，却与我们相近村庄里也有类似的一个疯子，时常相聚，不知在低语什么。老二留给我最后的记忆是打倒“四人帮”不久，我从学校回家，看到门前低头走过的老二，我奶奶说，老二也能够参加生产队轻微的劳动了。也听坐在屋檐下的大伯爽朗又带着欣慰的口气叫着：嗨，社会变了，就是不一样。老二也清醒了，这个世道好。

那个女疯子是我们村里嫁出去的女子，她发疯的缘由来自婚姻。这叫阿莲的女子说起辈分来，我还应叫她姑。听长辈说起，这阿莲原来出嫁后，夫妻恩爱，已生育儿女，而阿莲的父亲却起了念头，嫌阿莲嫁给的丈夫地处偏僻，威逼她转嫁到小镇上去，以后赶集什么的也好有个落脚之地。我年少时，曾经听见一个在池塘埠头洗衣的妇女对另外一个妇女说，阿莲在未发疯之前，曾同她说起，每次来到父亲家，父亲都要她回去同丈夫离婚，而每次回去在丈夫面前她都说不出口，当终于有一次对丈夫说出“我们离婚”时，阿莲说“我的眼泪就唰唰地流下”。当这妇女引用阿莲这话时，觉得很开心，是当作笑话来说的。因为，在当时的年代，还没有人敢于说出这么涉及感情的事，尤其是农村。

当她终于按照父亲的愿望，转嫁到小镇时，新的丈夫是个暴躁、鲁莽的汉子，动辄对她又打又骂，更不要奢谈温情、体贴，与前夫形成强烈的反差，这一生活变故造成深深的伤痛，她疯了。这个叫作阿莲的我的姑辈的女子时常一大早从自己家赶来，出现在村子的路边、田头，我们这班孩子就会跑去围观。她已经四十来岁了，蓬头垢面，衣衫凌乱，脸色苍白，但掩饰不住她曾经有过的秀气。她就这样笔直地站立着，眼睛里藏着哀婉，无神地看着天边，沾着唾沫的嘴就翻来覆去愤慨地说着父亲的绰号。她的父亲看着她在这丢人现眼，就会拿着棍棒什么的家什，气势汹汹地跑来，她才会逃走。但过不了几天，也许就是在第二天，她又会出现在我们的村头。

第四辑

游　戏

打冲锋

生产队农民用大铡刀把田埂上的杂草连同泥土一起砍来，放在空地上暴晒一段时间，一般选一个傍晚，金色的夕阳下，把这些连草泥土收拾起来，先是摆放起一个窝状，点上火，之后不断加入。这时候，烟火升腾，小孩子也围上来看热闹。农民最终把所有泥土都堆上，垒成一个半球形，就由着那火在那边由下向上、由内向外地日夜焚烧。这火历经数天才熄灭，之后，这堆冷却后的泥土会被农民用锄头掘开、砸碎，形成粉状，当作肥料施到田里。

这堆泥土号称“泥头灰”，说得文雅一些是“草木灰”，在还未挖开、砸碎之前，就成为我们小伙伴的战场。这游戏两人以上玩。一人站在这“灰堆”的最高端，犹如占山为王，而另外一个人或一伙人，就向他发起猛烈进攻。占山为王者，为保住自己的地位，扎下脚步，狠命地把进攻者推下去；而冲上来的人，则用尽力气地用手推、用肩撞、用头顶，要把“大王”赶下去。要是谁把“大王”赶下去了，谁就成为新的“大王”，新的一轮冲锋又开始了……这个游戏，是力的较量，大家玩得满头大汗，还有满身灰土，特别是鞋子里。

空军递绿壳

这“递”是土话，“追”的意思；“绿壳”是民间称谓，相当于强盗，但年少的我们并不知道绿壳的准确写法和出典。此游戏,需要较大的场地,一般在晒谷场、操场等地进行,时间一般在傍晚,如果有月光,那游戏就会继续下去。晚饭后,大伙儿聚合起来,分成两组。分组的方法一种是根据人员情况,大致均匀地划分一下;还有一种方法是,先挑选两个最有实力的人,“拳头剪刀布”后,赢者先挑一个,接着轮流挑选,挑完为止。一组是绿壳,划一个领地给他们,一般是屋檐下、礼堂里,也算是大本营或者叫山寨吧,我家的台阶上,时常成为绿壳的大本营;一组是空军,分散地坚守在空地上。只要绿壳一出来活动,空军就会奋力追赶;只要空军碰到绿壳身体的任何一个部位,这绿壳就算抓住了。抓住的绿壳就会被“吊”或者被“关”在空军身后原来设定的一根电线杆或者一棵树或者是墙上。说是“吊”“关”只是一个说法,并不是真正的吊和关,只是被抓的绿壳一只手一定要搭在设定的电线杆上等,不得离开。这样,绿壳要出来搭救伙伴,营救的方法只要碰到被吊绿壳的身体,那原来“吊”着的绿壳就可以逃走了。同样,在这其中,只要空军赶上来,碰到任何一个绿壳的身子,这绿壳也算被抓住了,去和原来吊在那边的绿壳手拉手地连接在一起。这样,就会出现如此激烈的场面:绿壳纷纷出动,左冲右突,要去营救被吊着的伙伴,而空军则以被吊绿壳为基点,在中间地带,形成扇字形,张开双手拼命地追赶拦截;被吊着的绿壳拼命地伸出一只手来,希望得到援救。局势就会不断地变化:吊着的绿壳会越来越多,或者吊着的绿壳逃得干净,或者绿壳冲不过防线,反被空军追,只能先逃回大本营,再次寻找机会出击。规则中,在大本营的绿壳,空军是不能抓的。如果绿壳一方被抓得精光,那么,这场游戏就结束了,双方人马互换角色继续上演。

挤榨油

寒冷的冬天,那时衣着单薄,甚至多是褴褛,玩挤榨油游戏,不失为一个取暖的好办法。要有一个 L 形的墙角,一干人就贴着墙壁侧着身子用肩膀拼命地往前挤，目标是把最前面占着墙角的人挤出来。最前面的人死命地坚守，或者被挤出来，或者虽然占据着但被挤得实在透不过气就会自动钻出来，也会有在中间位置的人被挤“弹”出来。这些被挤出来的人满面通红，站在旁边大口大口地呼吸，严重的会呕吐，但不多一会儿，又会赶紧排到队伍后面继续挤。

造屋

利用铺在地上的石板与石板的缝隙，或者在利用石板与石板缝隙的基础上，再根据实际情况用粉笔画上几格，或者就在操场上、空地上用粉笔划分成一格一格，作为一间又一间的“屋”，用一个沙袋或者一粒瓦片作道具，先把沙袋或者瓦片丢在第一间屋里，游戏者在起点缩起一只脚，作金鸡独立状，跳到第一间屋，把沙袋或瓦片一间屋一间屋地踢过去，只能踢一下，不能踢到外面，也不能踩线，也不能越过一间屋，踢到最高的那间屋后，再一间屋一间屋地往回踢，如果踢到起点，那就说第一间屋已经造好，接着，就把沙袋或瓦片丢到第二间屋，你也得一下子跳到第二间屋，开始新的一轮造屋……以此类推。如果玩者出差错了，那这次造屋结束，由下一个人来；再轮到时，要接着原来“层次”来“造屋”。这个游戏两人或者数人玩，最后以造屋最多者为胜，但一般造得最多的也就是三四间，因为层次越高，起点越难，比如，如果你已经造到了第四间，那么，你把沙袋或瓦片丢到第四间，且不能扔到外面去，连碰到线缝也不行，但这并不难，难的是，你要一下子单腿跳到第四间，那就并非易事了。这个游戏男女都会，有时候也会男女一起玩。

走三直

这是一个智力游戏，相当于下棋。现在凭记忆画下这“棋谱”。

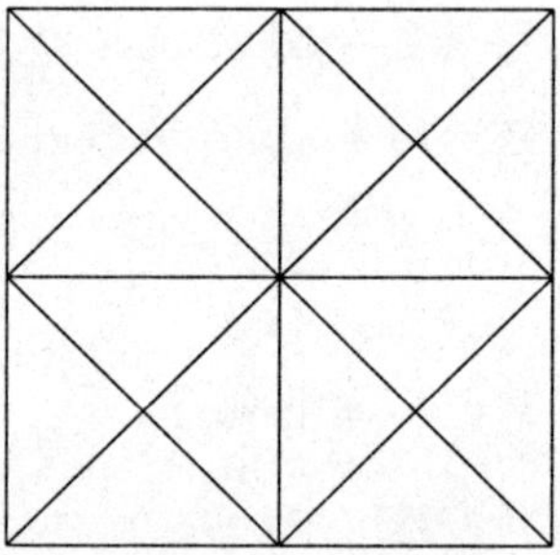

这样的“棋谱”我们用粉笔随便在哪里都可以画上，甚至用石头、瓦片直接画在泥地上。而固定的地方就是我家旁边的空地上，一块大石头上用凿子凿起的棋谱。这块石头长近两米，二三十厘米厚，表面光光的，应该从“着火基”运来的，更准确地说，应该是一块地垅石——就是我家旁边，听说曾经有几幢很有名气的房子，结果毁于一场大火，当时，已经成为自留地，我家也有一块，但泥土里全是瓦砾，地边也留有类似于这样的巨石。

这走三直，两人对玩，各自在前面的横线上摆三个棋子，棋子就是旁边随手找来的石子或者瓦片，双方轮流走一步，谁把自己的三颗棋子走成了直线，就成为胜者。这直线可以是横直线，可以是竖直线，也可以斜直线，但中间不能有空当。就常常出现这样的场景，两人分别在巨石一头张开双腿坐着，四周就围满了看下棋的人。这是一个简单的游戏，保证你一分钟就学会，但简单的东西往往充满着无数的奥妙，见得功夫高下。

摸虎卵

由一人四肢撑地做老虎，腹下地面有数枚石子做虎卵，其他人在四周摆出姿势，呐喊着，伺机快速抢走虎卵，老虎是四肢并用，形成“防护网”，如果哪个抢虎卵的人被老虎接触到，就要替换做老虎，游戏继续上演下去。如果老虎腹下的石子被抢完，这一轮的游戏结束，表明做老虎的输了，四周的人赢了，这个做老虎的还要做下去，再来一局。攻者往往采取声东击西的方法，有人在一边佯攻，当守者注意力集中到这边，并手脚晃动防守时，另一边的攻者会极其快速地拿掉一粒或几粒虎卵。

滚铜板

拿一块砖头，如果没有一块完整的砖头，大半截的也行，有时候也用木板，用石头或者砖头支好，成一个斜坡，前面几米远的地方一般是一垛墙壁，这样才能比出水平，比出输赢来，如果在一个大操场举行这个游戏，漫无边际的，也就失去了玩这个游戏的水平和意义。

玩者分别把自己的铜板通过这个"斜坡"向前滚，那"滚"的方式有多种，有先用食指或中指把铜板"卷"到大拇指再"弹"到"斜坡"上滚出去的，有把铜板"敲"到"斜坡"上滚出去的，有把铜板举得高高的再垂直跌落下去滚出去的……要掌握好力度，太轻了，铜板滚不远；太重了，铜板碰到墙壁会反弹出。滚得最远的就取得可以赢别人的前提，但往往有两个或者数个铜板都紧靠墙壁，一时分不清远近，于是，拿来一根稻秆、麦秆什么的，量出铜板的边沿离墙壁距离最短者为最远。那时候，滚铜板的赌注是纸板——用作业簿等纸，折成三角形的，也叫元宝，输赢分三个等级。滚得最远的，就得站在铜板滚到的位置上，而滚的铜板在其之下的人，会监督他站好，不能有一点的耍赖和取巧，所以滚得远的人脚板紧靠着墙根，很吃力地斜着身子，拿着自己的铜板，如果弯下身子捡起滚得第二远的铜板，那么，就赢三个纸板；如果把铜板扔过去，刚好重叠在第二个铜板上面，那就赢两个纸板；如果扔过铜板，与另外一个铜板在一手扎之内，那赢一个纸板，为了这个纸板，有时候，会拼命地拉长自己的大拇指和小拇指，拉得手指发疼发红的地步。第一远的赢了第二远的后，就会站在第二远的位置上，开始向第三远……以此类推，但如果对某个没有达到这三个取胜的标准，他的权利就转让了。滚得最近的，只有等待宰杀，但并不一定是输家，因为滚得最近的往往是失手,就滚落在斜坡的旁边,滚得远远的,把铜板抛过来,并不一定落在一手扎的范围,而两个铜板抛得重叠起来,更是微乎其微。

那个时候,铜板比较普遍,这前朝甚至更早的货币,也有用铜钿滚的,铜钿就比铜板薄多了。现在这些都成为收藏,成为文物了。

掼纸板

这纸板有三角形,也有正方形,用旧的作业本、课本折成,由两人对玩。首先"石头剪刀布",赢者获得掼纸板的优先权,输者把纸板"埋"好,就是把纸板尽量平整地摆放好,特别是纸板的边沿按下去,与地面吻合,这样,是为了增加对方掼翻我方纸板的难度。获得优先权的就开始掼纸板了,有两种战术,一是直接把自己的纸板掼在对方的纸板上,二是把纸板掼在对方纸板的旁边,不管是哪种方式,只要把对手纸板掼得打了个筋斗,翻了个身,就赢了这个纸板;也有力量过火的,让纸板翻了两个筋斗,仍然保持原样,那也不算赢。输者继续埋下纸板,玩下去;而如果先下手的没有把对手的纸板赢了,那就得由对手来掼了,不同的是,这个原来获得优先权的人,不能刻意地"埋"纸板,这纸板要保持你拍下去后的状态,由对手来拍,当然,这个对手还是没有把你的纸板拍赢去,他的纸板也要保持"原生态",由你来拍……

这掼纸板可有技巧了,掼纸板者会把衣袖放下,有的甚至把衣服的纽扣解开,这样,不仅仅是纸板鼓起风,更是借助于衣袖和衣襟带动起风,把对手的纸板翻个个儿。

土话俗语

一

原话：撑门头。

释义：当家，掌握家庭权力，主要指经济权力；撑门头人，即当家人，掌握家庭权力的人。

链接：以前家庭子女多，有的家庭儿子一成家就给分出单独过，有的几个儿子都成家了，还是合着一个大家庭。如果一个家庭几个儿子还合着过日子，有人就会夸撑门头人调教有度，管理有方。撑门头一般由父亲来担当，但也有由母亲来担当的，也有由其中一个儿子或者某个儿媳来出任，主要是看能力。那个时候没有多大的经济活动和金钱来往，主要是生产队挣工分，即使有小钱挣得，也要交给撑门头人，由撑门头人掌管整个家庭的收入和支出，包括家庭内部的娶嫁、亲戚之间的人情往来。撑门头人日常主要的标志是集市日提着菜篮去买小菜。

我十几岁时，听一个阿婶对我说过一个撑门头的故事。有一个家由父亲撑门头，这父亲节省得很，只是有时候上街买些小鱼来当菜，结果肚皮越吃越大，家里粮食不够吃，小儿子自告奋勇地要来撑门头。当小儿子接过父亲的撑门头的权棒，第一天就上街买来了猪肉，第二天又去买猪肉，让父亲惊慌得不得了，这个家以后怎么得了。哪知道，到第三天，家里的人吃饭都省下了不少，而且干活也有力气了。这其中小儿子就是掌握了一点知识，即吃鱼会开胃，吃猪肉尽管花钱，但会把身体吃“腻”,反而会节省粮食。这故事的意思是小儿子强过父亲,这个门头该让儿子撑。

二

原话:拜岁拜到月半后,勿像猢狲勿像狗。

释义:亲眷之间的拜岁,要在正月十五前结束,如果正月十五后还在拜岁,那是要被人耻笑的。

链接:在那个缺衣少食的年代,亲戚之间平时可以不走动,但到了春节,拜岁是一个标志性的活动,也是一个重要的活动。穿最好的衣服去拜岁,烧最好的饭菜待客。如果没有特殊原因,某一年,不去某家亲戚拜岁,或者到了某家亲戚拜岁,那家亲戚不回拜,那就说明从此两家亲戚的关系就“断”了;还有一种情况,两家“老亲”通过协商,都表示不再走下去,从这一年开始,就不再拜岁了。

我的大姑妈,生育了 8 个女儿,以后女儿们相继出嫁。这样,8 个女婿、女儿带着自己的儿女要在正月初四到外公外婆家拜岁,从初五开始,他们的外公(也就是是我的姑丈)带领着 8 个女婿,要从大女婿家开始,依次到 8 个女婿(姨丈)家拜岁,而且必须在正月十五前完成,这就意味着一天走一家,几乎不能闲出一天,即使下雨下雪,也要坚持行程。有一年春节,我工作不久,20 岁刚出头,初四在姑丈家拜岁后,也加入了这个拜岁行列。8 个女婿家,方位不同,路有远近,这队人马浩浩荡荡,到了这家,吃喝一通,住上一晚,第二天又直接奔向另外一家。

那个时候,交通落后,大多是行走,姑丈有个女婿在坞根。而坞根自古就流传着“十里坞根岭,冷饭吊头颈”的民谣。一次搭上拖拉机,在狭窄的山道上颠簸,“猛一个转弯,拖拉机就差点冲出去了,下面深得不得了”。事后,年老的姑丈讲述时还是神色紧张,脸色惶然。

三

原话:贼偷一半,火着全完。

释义:小偷只能偷走一半家产,而大火就会把家产烧光。言下之意是,火灾危害超过小偷,防火胜于防盗。

链接:农业社会,男耕女织,屋檐下装着衣食住用的全部家当,一旦发生火灾,消失殆尽,可谓是灭顶之灾,只剩下光溜溜的人。但如今不同了,住房只是一部分家产,一个栖居场所罢了,大量的钱存到银行里或者投资在别处;而且也不会只是一处房产;即使烧毁的房产,只要投保了,还会得到保险公司的赔付。

并不是说火灾无关紧要,只是说,现在的火灾造成的后果并非"全完"。

四

原话:沿沿桥,沿到外婆家吃锅焦。

释义:沿着小桥走,一直走到外婆家吃锅巴。

链接:母亲一边双手牵着孩子的双手,或者双手扶着孩子的腰,让孩子在门槛上蹒跚学步,一边笑吟吟地诵着:沿沿桥,沿到外婆家吃锅焦。孩子那笑靥如花朵般绽放,忍不住地雀跃,趺趺撞撞地向前。

有时候,牵着孩子的手,诵着儿歌的是孩子的姐姐、哥哥或者是爷爷、奶奶,有时候是邻居。好一幅活生生的风情图,弥漫着温馨和快乐,还有期待。

只是,现在造的房子大多没有门槛,孩子不可能再在这样的"桥"上学步;那个时候,锅巴可不是一般的美味,烧干饭才会有锅巴,那锅巴焦焦的、黄黄的、香香的。

五

原话：盲刺眼。

释义：近视眼。

链接：以前“盲刺眼”很少，歧视“盲刺眼”，以“盲刺眼”为缺陷，现在近视眼如此普遍，是文明的象征，读了几年书还没近视，会让人惊讶，反而成为“珍稀动物”。

找对象，打听到是“盲刺眼”的，自然会降了一格，受到冷遇。我想到两个与鸡有关的“盲刺眼”的事。一是，一挨黄昏，农家就要赶鸡进窝，不然，天黑了，鸡会找不到回家的路，因为，“鸡是盲刺眼”。二是，流传着一句戏言，或者叫顺口溜，叫“盲刺眼，鸡诶（粪）望铜板。”意思是，因为近视，把一堆鸡粪都看成是铜板了。

六

原话：吃饭度如王法。

释义：吃饭比王法还要大。

链接：这是儿时常挂嘴边的话，比如，一个小朋友捧着饭碗坐在门槛上吃，另一伙人要在这里滚铜板，要他挪一下位置，尽管说得很客气，但对方会掷地有声地回答：“不行，吃饭度如王法。”我记得，同住一幢屋的大伯不止一次地讲过“吃饭度如王法”的故事。古时候，一个人被冤就要斩首，他的娘端着一碗饭到刑场上为儿子送行。儿子捧着饭碗，只见这碗饭里一半是沙子，想，我受到冤屈，就要死了，娘却送来满是沙子的饭给我送行，于是边吃边流泪。这碗饭吃得很慢，但“吃饭度如王法”，斩首也要先吃了饭，等到儿子拣了沙子吃下这碗饭时，已经过了斩首时间，于是，儿子被重新押回监狱。第二天，当儿子再被押到刑场斩首时，娘又端上了一碗满是沙子的饭给儿子吃，又错过了斩首时间……

这样，娘为儿子赢得了申冤机会，救了儿子一命。

与“吃饭度如王法”相关的还有两句话，一句比较俗，“千里做官为条肚”，另外一句比较雅，“民以食为天”。

七

原话：宠子儿，刮肚囡。

释文：这是两个称呼，宠子儿，即特别宠爱的儿子；刮肚囡，即在家排行最小的女儿。

链接：父母对其中的一个儿子特别的宠爱，这宠子儿什么都享受着优先权、优越权，让兄弟姐妹心有妒恨。我记得清楚，好几次，受到不公平对待的邻居的子女满脸泪水，哭哭啼啼，对父母喊着刚学会的话：“宠子害子，宠子害子……”表示对父母的愤慨和反抗。是的，根据历史和身边发生的事实，证明了，小时受到宠爱溺爱的儿子，长大了可能不会有多大作为，多大长进，甚至更多的是走向反面。

刮肚囡除了受到父母的宠爱外，哥哥姐姐也会让着她、护着她。因此，干活轮不到她，好吃的又要先给她。刮肚囡除了无忧无虑成长外，也会滋长出那么一分任性，那么一分脾气。

八

原话：行例弗识，嫁囡发帖。

释义：不懂得规矩，嫁囡还发请帖叫人家来喝喜酒。

链接：这是不是反映男尊女卑、重男轻女的思想，不得而知，但基本情况我还是知道的。当有一户人家娶媳妇时，真是喜气洋洋、大张旗鼓地请亲戚、朋友和邻居在某月某日来喝喜酒，那个时候还不大用请帖，全是“口头帖”，即使碰到不属于真正约请的人，也会叫一声，我儿子什么什么时候结婚请来喝酒哦。这其实只是为了表示客气和张扬喜气而已，双方都不会当真。而出嫁女儿就不是那么回事了。当联姻双方“送日子”后，也就是把婚事定下来后，女方一家会针对不同对象以不同方式把女儿出嫁日期信息送出去。比如，对很亲近的亲戚，会直截了当地说，不说反而会被对方埋怨；邻居、朋友会间接、隐晦一些让对方知道。不管怎么样，只有当这些亲戚、朋友和邻居“送嫁”了，才能请他们在女儿出嫁日来喝喜酒。所谓“送嫁”就是送出嫁礼物，可以是一件衣服，一斤毛线，一床棉被，一只热水瓶，一双鞋，甚至是一双袜子……后来，有的开始送钞票，几元钱，或者十几元，少年的我心里觉得，这是多么直白，赤裸裸，冷冰冰，缺少如送物品那样的温情。

综上所述，可以得出如下结论：娶媳妇请人家喝酒，是“主动”的；而嫁女儿请人家喝酒，是“被动”的，因此，如果有人不懂这个规矩，嫁女儿也如同娶媳妇一样发请帖让人家来喝酒，那是要被人笑话的。应该是硬讨人家“人情”的意思，“人情”即礼物也。

这说的是家庭为子女操办婚事的不同，而作为男女婚姻的当事人也是一样的。男方请平时比较接近的男伙伴来喝喜酒，那么，意味着确认对方为朋友；而女方则要由别人来承认，即来“送嫁”了，那么，就正式结为朋友了，那时叫“义姊妹”。

后来，“送嫁”基本变为送钞票了，尽管这让我觉得有点赤裸裸，缺少温情，但还是有其合理性的，那就是送者方便，收者实用，不然，送者既要花费时间购买礼物，又要为购买什么颇费心思，而结果呢，收者往往同样的礼物会收到好几份，浪费物资，而真正缺少的东西，却没有人送来。改为钞票了，收者可以“统筹安排”。

至今，一个家庭只生一个孩子，有什么道理生儿子的就可以发请帖叫人家来喝酒，而生女儿的就不可以呢？再者，礼金也全不收，这发请帖总不会有“谋财”的嫌疑了吧。

九

原话:做官爸,勿如讨米娘。

释义:对于孩子来说,一个当官的爸,还不如一个要饭的娘来得重要。

链接:母性的柔和体贴,知冷知暖,这些都是父亲不具备的,父亲即使身居要职,权倾一方,对于儿女的关心爱怜也是生疏的隔阂的。但如今,这些都在改变着,依赖父亲的孩子越来越多,"慈父严母"的现象已经比较普遍。当然,不管是"做官爸,勿如讨米娘",还是"慈父严母",都是相对的,对于儿女来说,父母全双的爱是完美的。

十

原话:猪杀倒望板油。

释义:板油,在此之前,我只知道是猪油的一种,现在百度了一下,才明白,板油不仅是猪油的一种,而且是最好的一种。

链接:我辈的成长过程,正是缺衣少食年代,吃鱼吃肉更是稀罕,有些甚至烧菜连点油都没有。农家宰杀家里养的猪,那是一件大事、喜事,而板油可谓是"宝中之宝"了。主人站立在宰凳旁张望,喜悦又会带着忐忑。而板油究竟多或少呢,只有待杀了猪剖了腹才会知道,因此,有"猪杀倒望板油"之说。与这句话相类似的,应该还有一句俗语,叫"种田人望稻,读书人望考"。

但在生活中,"猪杀倒望板油"大多用的是引申义,我记得比较深的是,在高考恢复之初的几年里,辛劳的老师和激奋的学生口中时常挂着"猪杀倒望板油"这句话。经历十年"文革"萧条后,高考向学生敞开了一条红彤彤的大道,但你能否迈进校园大门,现在说说都没用,只有等考试后公布了成绩,才会真正知道你的实力和结果。

但何止只是高考呢。近期看一个婚恋交友电视节目，一些男嘉宾雄心勃勃地自我介绍，在多少岁时，要把企业做得多大；在多少岁时，钱要赚到多少……有理想，有目标，这没错，但能否达到，这一切都要待“猪杀倒望板油”。

十一

原话：屋宽勿如心宽。

释义：对于一个人来说，住房的宽敞还不如心里宽敞来得重要。

链接：这是一个简单又复杂的问题，也可提升到哲学上的物质和精神的层面上。房子，说得俗一些，是一个窝；说得雅一些，是安身立命之所。反正对于人来说，房子是基本的需求，也是重要的需求。但同时，屋宽勿如心宽，讲究的是心灵宁静或者宽广，远比住房宽敞重要得多。有房子没房子也许是有差别的，当然也不一定，有些没房子的照样活得快乐和幸福；但有房子 1 间、5 间或者 10 间，只是数字的不同了——拥有房子数目的不同，金钱数目的不同。有话说道，房子千间万间，晚上只睡一张床。我说，其实所谓的一个家，可以浓缩到一张床。拥有了一张床，意味着你拥有了一个隐秘、安全、自由的空间，同志们想一想，一张床上可以做属于你的多少事。

十二

原话：糕儿头。

释义：揉年糕时，从一端摘下的一小截呈圆锥体的部分。

链接：过年越来越近，做年糕成为一个重要的事件。这是一个热闹又喜气的场面，先把那白花花的大米放在箩里淋湿，再运到村里的打米房里打成粉，更早的时候是用石磨。做年糕时几家关系比较要好的会搭伙，选择在其中一户人家里一起做。妇女负责烧火，灶膛里的柴火熊熊燃烧起来，灶台的锅上摆放着饭蒸，盛上米粉，锅里的水沸腾起来，蒸汽冲腾到米粉里，屋里会迷蒙蒙的，还弥漫着香气。炊熟了米粉，其中一个男人会端起赶紧送到屋后，倒入石臼里。石臼有两类，一类是小型的，一个人抡起捣臼头一下一下地往石臼里砸，一个在石臼旁边趁着一下一下之间的空隙，搅拌着已成粘状的米粉；一类是大型的，即石臼里的一个捣臼头用一根大木架设，在大木的两边又是支撑着的石板，需要好几个男人上去，一下一下地踩着大木，杠杆原理，前面的捣臼头会一下一下地砸下，砸在石臼里的米粉上，也有一个男人在旁边搅拌着。

砸好了，又赶紧端到一张已经铺开的案板上，几个男人一字排开，挽起衣袖，抓过一把米团，在床板摆上拼命地揉，揉啊揉，就变成一根年糕了。这其中，大人会在一根年糕即将形成时，把一端揉下来，先给旁边看得眼巴巴的孩子吃。这就是糕儿头。还记得，手巧的还会把糕儿头做成牛啊马啊鸡啊的动物，很是精致好看。

同时，做年糕的会给比较亲近的邻居送上一筒嵌糕。这嵌糕似乎是当地的特产，就是把一团米团揉开，嵌入馅，再两边黏合上。不久前，与几个年龄相仿的同事谈论起，那个时候，没有其他什么馅，就是芹菜、萝卜，但吃起来是多么鲜美，还香气扑鼻。一筒年糕送到某一家，这一家也是用菜刀切成好几段，几个孩子分着吃的。

几家组合起来做年糕，做完一家的接着做另外一家的。几家组合起来做年糕也自有其道理，场地的优化，劳力的组合。

后来做年糕也商业化，就是有些生产队年底找一场地对外加工年糕，收取加工费，这个时候把年糕做成牛啊马啊鸡啊的是没有了，但在紧张的加工中，也会给拧下一个糕儿头，给主人或者主人的孩子先吃上。

十三

原话:表妹嫁表兄,被头塞来紧咚咚。

释义:表兄表妹喜结连理,连睡觉被头塞起来都服服帖帖的。意指婚事般配、美满。

链接:表妹嫁表兄这个现象,从大的来说,与社会形态有关,封闭社会,通婚范围狭窄,只是与邻村甚至只是在村内进行,那么,表妹嫁表兄也是在情理之中了;从小的来说,两家知己知彼,亲上加亲。因此,当某家有表妹或者表兄来走亲戚,小伙伴们就集体起哄,高声喊叫"表妹嫁表兄,被头塞来紧咚咚"。

后来国家从优生的角度来考虑,婚姻法明确规定"直系血亲和三代以内的旁系血亲"禁止结婚,这从法律上终结了"表妹嫁表兄"的历史。还有现实的是,现在人员流动大,四海为家,跨市、跨省婚姻成为常态,一不小心还会成就一桩跨国婚姻呢。

十四

原话:船到桥门自会直。

释义:船摇到桥洞前,自然会过去,你摇船老大不用多费心思。意指任何事情都要顺其自然,不要有不必要的自扰。

链接:写到这句话,就会联想到我的家乡,我的童年:河道交叉,大桥小桥,船只穿梭,桨橹欸乃……这句话里其实包含着人生的态度,那就是积极的,又是豁达的。说是积极,船就要摇向前方;说是豁达,对还没有遇到的问题先放一放,不要杞人忧天。

十五

原话:箪里狗,箪外勿开口。

释义:旧时农家庭院,有篁竹围绕;这篁竹既是经济作物,又能遮风挡雨,美化环境。其中还养狗护家。整句话的意思是指某条狗的德行:在竹篁里会狠命地叫,但到了篁外就不会威风了。意指只能在小范围内发威,在外面就没有胆魄了。这句话,又大多引申在人的身上,特别是小孩子的身上,意思是,在家里调皮捣蛋,但到了外面就胆怯。

链接:但就事论事,"篁里狗,篁外勿开口"的这条狗并没有错,守护"篁里"是它的职责,当有外人进入,它当然要摆出架势狂叫,既是阻挡"入侵者",又给主人报信。至于到了篁外,它只是一个"旅行者",一个"观光客"而已,没有必要也不能对碰到的每一个人进行狂吠,更不能攻击,不然,就是一个"扰乱者""侵权者",所以,从这个意义上讲,这条狗是有身份意识的,是值得赞许的。

十六

原话:轻担让重担,空手让挈篮。

释义:在路上行走,挑着轻担的要让路给挑重担的先走,而空着手的,则要让路给提着篮子的人。

链接:这是淳朴的民风,让人温暖和感动。尽管社会发展,交通改善和运输工具的增多,挑担的甚至提篮的越来越少,但这种"轻担让重担,空手让挈篮"的精神却永远不会过时,在目前加强和谐社会建设中还显得尤为重要。但现实生活中,事实并非如此。如,炎热的夏天,司机为了轿车躲避烈日暴晒,竟然把车整个儿横停在树荫下的人行道上。而红灯下,行人则视而不见,昂首挺胸而过。

我觉得如果考察一个地区、一个城市的文明程度、民众素质,不需要去倾听当地长官的长篇大论报告,只要站立在道路一边、街头一角,看看交通情况即可获得。

十七

原话:手捏鸭籽两头脱。

释义:一手捏着两只鸭蛋,结果两只鸭蛋分别从两边掉下去。

链接:这句话与另外一句俗语组合起来,可成为一个“对子”,其他就可以免述了。那就是“脚踏两船心不定,手捏鸭籽两头脱”。

十八

原话:绞骑身。

释义:洗澡。

链接:绞骑身是一个常用语,但对其书写我却犯了难。我原在博客上写的是“绞其身”,我揣度,“绞”是动作,“其”为代词,也可作古汉语里的虚词,只是个音节,没有实际意义,“身”就容易理解了,那就是身体。但自己还是把握不准,请博友讨论和指教。于是,有博友提出,“其身”应该是“骑身”,我还是第一次知道有这个“骑”字,百度了一下,是“只身一人”之意,那么,“骑身”是一个词了,这样一对比,“其身”显得牵强,“骑身”就贴切自然了。也有博友提出,“绞”应该是“皎”,皎其身,使其身清确,皎然如玉也。形容词的使动用法。我觉得“皎”从意思上讲可能比“绞”更合适,但“皎”书面语色彩太强烈。“绞”从字典上的意思可能对不上,但“绞”在土话上就有擦、揩的意思,比如,“拿一块布来,把这台机器绞绞干净”。所以,最后还是确定书写为“绞骑身”。以前我们这里普遍称洗澡为绞骑身的。洗澡与绞骑身同指“使身体清洁”之事,但它们之间不只是表述不同,还有方式和过程的不同。我记得好多年前,一位作家在一篇小说中写一个农民,从“剃头”到“理发”那是一种跨越,那么,从绞骑身到洗澡也是一样的。洗澡,那是指在特定的场所,还配有专门的设备进行的。绞骑身,那时是拧了毛巾甚至就是一块破布什么的，在自己身体上擦、揩，还有在后背拉。

十九

原话：困醒早，比个懒惰嫂。

释义：起得早的人，所干的活，比一个懒惰嫂一天干的活还要多。

链接：在农业社会里，讲究的是日出而作、日落而息的生活习性。也有句话，叫黎明即起，洒扫庭除。但人不会是完全一样的。就比如妇女，有的天还没亮，就起来喂猪放鸡，洗衣烧饭，还要在菜园田头忙乎，就好比一刻也不肯停歇的陀螺。但有的日上三竿了，才睡眼惺忪起来，还哈欠不断，懒腰伸伸；更要命的是这“懒”，往往与“馋”是亲兄弟，无所事事中找吃的，弄吃的成为她们的主要生活内容，真正干的活就可想而知了。外国有个叫赫胥黎人讲过：时间最不偏私，给任何人都是二十四小时；时间也最偏私，给任何人都不是二十四小时。

这就是时间的辩证法。

二十

原话：洋相洋相真洋相，屁股后面挂布帐。

释义：这“洋相”相当于现在的时髦、新潮，“屁股后面挂布帐”说的是穿裙子，布帐即蚊帐。

链接：那个时候，衣服颜色单调，式样单一，还有陈旧，如果偶尔一女孩穿上一条裙子，那可是件很“潮”的事，男孩会跟在后面起哄：洋相洋相真洋相，屁股后面挂布帐。

二十一

原话：下水岸塞漏洞。

释义：在泄水洞的下方用泥团来堵塞。

链接：我记得，生产队早时用水车车水，后来用抽水机，“轰轰”地向田里灌水，这个时候，会有一个人肩扛一把锄头或者是铁锹，在田头巡视，发现有洞向外泄水，就会用锄头锄来一块泥，或者是用铁锹撬来一锹泥，甚至就是抓过一把带草的泥团堵塞上。既然是洞会排水，那就存在着一个落差，有“上岸”和“下岸”之分了。隔着田埂，外面可能是河流，可能是沟渠，也可能是另外一丘田，正确的方法当然是把泥团堵塞在上方。如果堵塞在下方，泥团就会马上被水冲刷掉，或者暂时被堵塞住了，但过不久，就会被冲掉了。这就是“下水岸塞漏洞”。人们生活中时常用到这句俗语，说某人做的某件事是“下水岸塞漏洞”，意指方法不当，于事无补。

“下水岸塞漏洞”也大多被省略叫为“下水塞漏洞”。现在，我想到了另外一句俗语，可以构成一个对子，即：下水塞漏洞，笨贼偷捣臼。

二十二

原话：倒落便桶板，竖起便桶板。

释义：不管如何放，就是一块便桶板的料。

链接：便桶，又叫粪桶，污秽物之盛器，以木板箍成，因此，有时候也叫“倒落粪桶板，竖起粪桶板”。这句话意喻某人不可教化，不可扶植，不可收拾，横竖是个“便桶板”——下三烂的东西。有一句文雅的话可以与此匹配，那就是“扶不起的阿斗”。

这让我想起一个时期，把“龙生龙，凤生凤，老鼠生儿会打洞”这句俗语当作唯心主义来批斗，但后来，又有人站出来说，从遗传学来说，这是唯物主义观点。我又想起一句话叫“江山易改，本性难移”，说的是一个人的本性的改变，比江山易主还要难。生活中确实见过太多的人，一生就是这么个性格、脾气和做派，但也没少见，“痛改前非”“判若两人”的。

因此，还是相信“理论是灰色的，生命之树常青”这句话吧，任何的比喻都是有一定道理的，但也都有一定的局限性。

锦　绣

在此之前，我多次试图找到我最早的作文簿，就是老家拆建房子时，我也翻了个遍。这最早是指什么时候呢，我希望是小学甚至是小学最初的作文，结果，我寻找失败了。这总让我感觉遗憾和失望。

但是，后来我在自己的橱子里，找到了一篇名为《锦绣》的中学作文，这也是我目前能确定留存下来的最早的一篇文章了。

下面，我先全文抄录这篇作文，只是对几个错别字和个别有语法错误的句子做了更改，以保持原貌。

锦　绣

早晨，我踏上去往熟悉可亲的道路——东湖大队。这次是遵照上级指示，进一步采访东湖大队农业学大寨的先进事迹。初夏的晨风拂面而来，给人带来了舒适的感觉，虽说是离开东湖大队个把月，但是，我恨不得立即飞向东湖大队，投入那火热的劳动场所，我更想念那革命草。现在生长得怎么样了呢？大概很好吧？我不禁加快了步伐。

说起那革命草，我有着特殊的感情。

那是个把月前的那天晚上，我去水乡东湖大队采访，大队办公室灯还亮着，我推开门进去一看，满腾腾的一屋子人，原来是召开生产队长一级的干部会议，正在针对着农业大上、缺少肥料的问题展开了热烈的讨论。这时，党支部书记洪大伯站起了身，抬起胳膊挥了挥，叫大家静了静，响亮地说道："同志们，打倒了'四人帮'，生产要大上，由于'四人帮'的长期干扰破坏，化肥一时供应不上，难道我们被这些小小的困难挡住吗?”老支书停了停话,看了看同伴,接着说:“毛主席说自力更生,艰苦奋斗。华主席为我们撑腰学大寨,我们就要自己动手,刚才同志们的商论,要利用我们水乡的特点,大养革命草,解决肥料不足的问题。水草种要发动群众,自力更生去采,明天就开始。同意不同意?”“同意。”干部齐声回答。

干部们怀里揣着一团火各自散会了。

我趁着这个时候一把拉住正收拾东西的洪支书,亲切地说:“洪大伯,我又学习来了。”洪支书一看是我,热情地说:“噢,是小王啊! 都是老相识了,何必客气。”老支书说得是那么开朗。接着给我安排了住处,最后,还带我转了转。

鸡叫头遍的时候,我再也躺不住了,穿好了衣服出了门,带着寒意的风掠过,使我清醒了许多,星星在空中闪烁着,月牙还高高地挂在空中,映在河中和刚插秧的田中,一切都显得很静。我迈步在河岸上,欣赏着劳动人民战天斗地带来的巨变。“哗、哗……”突然,从埠头传来水的泼动响声。“深更半夜,谁在这里? 干什么?”我想,就大声问道:“是谁?”对方传来粗犷的声音:“是我。”我走近仔细一看,原来是生产队长、共产党员李戟。他正要推船出去。我连忙问道:“你干什么去,深更半夜的?”这时,他也看清了我:“噢,是王同志,昨晚的会议决定,让我整夜睡不着觉,心里热乎乎的,前天我发现子西圩有一片水草,我得赶快把它捞来。”说着桨一点,“哗”的一声把船推出,摇了起来。我望着渐渐远去的船,浮现出了往事。以前这个五大三粗的人,一心想把革命抓好,把生产搞上去,使祖国富强起来,可是,一学大寨,就被说成“只拉车不看路”“唯生产力论”,使他满身的力气没处使,满肚子的气憋在心中,现在除了“四害”,人心大快,使这个李戟也豁然开朗了,革命有了奔头,吃苦在前,心甘甜。

呵,只有这样的时代,才有这样的人。

这时,鸡叫三遍了,东方晓明了。

上午，在河畔池塘，田埂路边，屋前宅后，都是采革命草的人，有白发苍苍的老人，有年轻力足的壮年，有血气方刚的青年，有戴红领巾的红小兵和光屁股的小孩子，都在为学大寨出力量。

下午，正好是星期六，我和几个天真活泼、戴红领巾的小朋友——红小兵一起，摇船到河中采革命草。摇船的是一位小姑娘，苹果般的脸蛋，葡萄似的眼珠。她呼呼地摇着船，我兴奋地问她："小朋友，叫什么名字，读几年级？""我叫小英子，四年级。"小孩清脆地回答。"她还是我们的红小兵排长呢。"一个坐在船舷扬着水的男孩调皮地插话。

"噢，还是个排长呢。"我看着她胸前被风吹得像火团一样的红领巾说道。

船进了河湾，里面是芦苇，水草在水间漂着，有的根扎在泥中，鱼潜底蛙扑水。小朋友兴奋地唱起歌来："洪湖水呀，浪呀么浪打浪啊……"那激昂的歌声，引来了鸟儿在空中飞翔。

"开始。"小英像发命令似的说。立刻有的跳下去，有的在船上各自捞采，把一把一把的革命草掷到船上。我站在船上直摇晃，小朋友们哈哈大笑。小英站在水中，裤管湿了。农历三月的水毕竟还有点凉意，我问："小英，冷吗？""哼，农业学大寨，还怕冷。真没志气。"她说着，随手将一把水草扔上船，差点扔到我身上，人们"哄"地笑起来，整个劳动在欢乐的气氛中进行着。晚霞布满天的时候，我们和社员满载归来了。养革命草放在村东头的河湾里，老支书和社员们正在布置，在出口处拉上了铅丝，革命草在社员手中，高高地撒在水中。革命草再次回到了母亲的怀抱，盖住了水面，社员正在一丝不苟地劳动着。我暗暗地对水草吩咐道："你可别辜负了贫下中农的期望啊。快长啊……"

"王叔叔，王叔叔。"突然传来一阵童音，打断了我的沉思，一看，原来是东湖大队到了，面前站着一位姑娘，胸前的红领巾像一团火，小辫子上的红结子，经风吹动，好像一对正在飞的蝴蝶，手里拿着一大圈铅丝，脸上满是汗珠。正是小英子。

“小英子。”我兴奋地喊道，又带着责备的口气，“干什么去了，满脸是汗的？”“噢，王叔叔。”她说着，下意识地擦了擦汗，像报喜似的说，“我们的革命草又要扩建了。我刚从公社供销社买铅丝回来呢。”说着拎了拎手中的铅丝。“噢，要扩建了，快领叔叔看。”“是！”她清爽地应了一声，一蹦一跳地领着我往革命草场去。

“同志们，加油干。”一阵洪亮的声音传来，正是洪大伯的声音。只见洪支书带着社员们在扩建。我匆忙地喊：“洪支书。”支书抬头一看是我，兴奋地说：“来的又是你，快来看看。”我，洪支书站在拱桥上，啊，岸两边杨柳飘飘，整个河面，少说也有七八亩吧，生长着水草，一片碧绿，经风一吹，又像是浪潮，荷叶生长在水草的间隙，分外夺目，小鱼、小蛙，时而跳出水面，时而钻进水中，好像为主人而骄傲。我看着革命草，脑海里似乎现出了黄晶晶的稻谷，白花花的棉絮，正暖着人们的心房，映出一张张笑脸，为社会主义革命和建设服务。我又看了看赏不尽的革命草，心想，这不是劳动人民精织的锦绣吗？

是啊，是劳动人民精织的锦绣！

在这篇《锦绣》作文的篇末，老师用红笔批语署的日期是“6.1”，那么，完整时间应该是“1977年6月1日”。它写在8张蜡光纸上，纸张的边角卷曲，老师红墨水的批语有的已经模糊不清，左上角的一枚订书钉已经腐蚀，而且染黄了稿纸一角。它经历岁月和空间的变换，竟然保存至今。

写这篇作文有着当时的社会大背景外，所描写的事是我亲身经历的，包括以后水草的生长情况，里面的人物在真实生活中几乎都有相对应的。那时，我姐姐高中毕业，作为“知识青年”回乡“插队”，我在外读中学，星期天我放假在家，生产队里真的有采集“革命草”种养的事，我甚至听到夜里生产队会议结束后，人们回来的脚步声和谈论声。当时采集革命草种是分配了任务的，以斤为计量单位。我当然没有任务，我还是“吃国家定粮的居民”，而姐姐却是社员了，所以我是帮姐姐完成这个任务的，那天，我真的和几个比我还小的儿童，从辈分上讲应该是兄弟姐妹级的，划着小船沿着河边采集革命草。这小船只有两三米长，平时是摇着放养鸭子用的，我一跳下去就左右倾斜，吓得我哇哇大叫，可他们还故意摇摆呢。

因此，这篇作文写起来比较顺手，几乎是一气呵成的。

现在说说这“革命草”，俗称“空心草”，学名我不知晓，既有水生的，也可陆地生长，为什么称为“革命草”呢，也许那个时代这种草发挥了很好的作用，它既可作肥料，也可作饲料。反正，那个时代，以“革命”冠名绝对是没有错的，就是考试只要用上“革命”就能绝对得分。比如，大人或老师提问：为什么读书？你尽可以大声回答：为革命读书。甚至可以有“为革命吃饭”的响亮回答。语文考试中，有概括中心思想的，如果说的是一个饲养员的故事，你就说“为革命养猪”，如果说的是种田伯伯的先进事迹，你就答题“为革命而种田”，那得分绝对八九不离十。

那时小小的年纪，就在这篇作文里，斗胆地把自己“设计”为记者。肯定感觉记者很威风，很高尚，也是很有才能的人。虚拟中让自己过了一把瘾。

现在重新读到自己的这篇“作品”，除了印记着那个时代“创作”的“套路”外，有些词、句，包括事和社会背景，真是恍如隔世；如果年轻人读到这篇作文，可能怎么也理解不了。

还有，需要说明的是，找到的这篇作文，不是我的笔迹，这书写出自我的一个阮姓同学。那个学生年代，我是不动笔的，记得一学期里钢笔是灌不了几次墨水，作业也是前桌女同学帮着写，甚至到了自己不沾作业簿的地步——作业簿发下来，女同学拿去了；做好了作业，她直接交上去了。只是到写作文时，才会“亲自”动手，但自己写的字真是潦草得不得了，也许怕老师不认得，也许是为了装潢门面，所以，当我一挥而就时，作文大多是叫这阮姓同学抄写的，他书写得可漂亮了，时间一长，也只有他认得我的字了，形成了某种默契。这阮同学几乎成为我的“秘书”了。以后，我这“秘书”阮同学成为一名领导干部，尽管只是一个科局级干部，但大小是一个领导，我却干上了类似于秘书的行当。至今，时常在与他喝得有点高时，我就嚷着：三十几年前你的手迹在我这里，这也许是你最早的手迹了。以后你要是发达了，成为不得了的人物了，建个故居、纪念馆什么的，要拿 30 万美金来购回。

当然，这只是玩笑。但我珍惜这篇作文，将继续保存下去。

木杓屿

一次次梦见木杓屿。

木杓屿是原大溪区冠城公社大院正对面的一个小自然村。

这次回家，我终于踏上了去木杓屿之路。尽管是乡间，但却是平坦的水泥路，轿车在疾驰，那么轻便和平稳。我紧张地透过窗口张望，心中却涌上一股“近乡情更怯”的滋味。

我幼时，父母同在冠城公社工作，奶奶也跟随着带养我们三个孙子孙女。这公社的院子原是“地主屋”，干部们吃的是食堂饭，我家是唯一单独开伙的。“文化大革命”开始了，公社大门口有人贴出大字报，不允许我家住下去了，大概是不容许“走资派”搞“特权”之类的。不多久，祖母和我们姐弟就住进了公社对面的木杓屿。

这木杓屿与公社院子中间隔着一条河，步行需十多分钟，同属于公社所在地叫桥外的大队，一个很小的自然村，就紧靠一座小山之下的腹部，我家租住的是一间两层小屋。这座小山在我的印象中，是我见过的最小的山，类似山的盆景。这自然村说其小，现在屈指数数，只不过十来户人家，二三十人。村头有个池塘，四周全是平坦的农田。

在这里，我们自由自在地玩乐。原来住在小院子，受尽拘束与压制，现在可以全身心放松了，忽觉得天是那么高远碧蓝，田野是那么辽阔秀美，连风也变得清新迷人了。我们的几个小伙伴是，云来、怀德、小娇……

村头那口池塘的岸边，长着几棵秀美的苦楝树，几张石板铺的埠头，赤脚走入水中，凉丝丝的，惬意极了。薄暮中，我们姐弟在山冈收割过的麦垄上欢快地奔跑，每拾到一枝麦穗就像捡到了珍宝，高声呼唤。下雨了，我们穿梭在雨帘中，淋湿了头发，淋湿了衣服，把屋前的水沟筑起“大坝”，养进水草，放进几条小鱼，忙得不亦乐乎。落日的黄昏，绚丽的晚霞布满西天，我们在池塘边的晒谷场上，做一种“跷跷板”的游戏，就是两个人背靠着背，手臂钩着手臂，一个人弯腰把另一个人背起，轮流进行，你来唷，我往啊，依唷依呀真快乐……

那时，我在读小学一年级，每天到公社中心小学读书，以孩子行走的速度一趟应该是有三十来分钟，其中就经过公社前面的河边。晚上回来，我们这班小学生按照老师的要求，聚集起来，在油灯下学习毛主席著作，地点就是我家租住的隔壁小娇家的方桌上，学的是《毛主席语录》中的序言，要边学边抄，我年级最低，学得也很吃力，甚至有些沮丧，比如，“继承”这个词就不会写，也读不出。学校里举行“活学活用”评比，班主任坐在讲台上，拿着钢笔，让同学们自己举手，报告做的好事，我想起了曾经与怀德在池塘的埠头玩时，发现一块肥皂，拾起来归还给失主的事，就报告了。老师问得很清楚，记下。后来，全校集中举行“活学活用毛主席著作”先进发奖大会，我奖到一张毛主席像，而我姐姐则是一座毛主席的半身石膏像，应该是我姐姐做的好事比我的档次高。我喜滋滋地拿着毛主席像回家，我奶奶看着我和姐姐的奖品，乐呵呵地说：怎么都奖给我们家了。

在我家租住房屋的后门，有一间破败的老屋，住着一个“五保户”阿婆。一天，我家的“起火柴”没有了，烧不成饭，那阿婆用围裙包着一把柴草，偷偷地从后门进入我家，塞给我奶奶。这个村庄里，不管谁家杀了猪，都会青菜烧猪血，每家送上一碗，这成为一个“保留节目”。每次我们扑在桌前，吃着那碗青菜烧猪血，感觉真是鲜美，大快朵颐。

在木杓屿大概生活一年后，也许过了“风头”，我们姐弟重新回到了公社的院子里，随之，父亲调动了工作，祖母回到了老家，再以后，母亲也调动了工作，自然我们也离开了这个叫冠城公社的地方。

昨天的事，我可能今天会忘记；而人生起步时期的经历，对于我又是那么刻骨铭心。

如今，那里的人数、家庭成员之间的关系，我仍然可以信口说出；那里的每幢房屋的结构、朝向，我现在只要拿起一支笔都可以勾勒出，包括那里的一棵树、一条山径、一级石阶，包括屋前的阴沟、村边的石臼，是那么清晰又亲切地印在我的脑海里。

木杓屿并不遥远，我多么想重新登临，看看那儿的山山水水，寻访熟悉的乡邻，了却我悠悠的思念。只是一次次梦中，我又来到了木杓屿，但醒来时又感觉是一场空。15 年前，一次半夜又梦到木杓屿，我忽然想起，一骨碌地爬起来，来到书房，拉亮雪白的日光灯，从书架上取下大开本又厚厚的、由我们当地地名办公室编的《地图册暨地名录》翻阅起来，竟然查找到了木杓屿，却发现让自己一直魂牵梦萦的地名，当地土话一直是喊“木桌柿”，书面语却是“木杓屿”。

看到了“木杓屿”我也恍然大悟了：

木杓屿此地名，是以山形命名也。

木杓者，乃盛饭舀汤之器具也。

这里，有一个小山包，完全是圆锥形的，连着这小山包的是一个长长的平坦的山冈，那实在是一个把柄。

木杓屿并不遥远，但还是缺少勇气和豁达去重新踏入，试想，假如我怀着激动的心情来到那里，是一个面目全非的村庄，面对围观的人群，容我解释一通，人们还是迷茫一片，我将是一种什么样的心情？

只是，在梦里，我一次又一次来到了木杓屿，努力在寻找着似是而非的场景，醒来时又是惆怅一片。

这次我回家其中的一个行程，就是要去木杓屿一趟。

当轿车终于驶进这小山包时，我迫不及待地跑下车，沿着山边水泥路急匆匆地前行，山上树木、柴草葱茏，靠近山边，围着黄色围墙，进去是一个偌大的庙堂，传来洪亮的诵经声，跨过天井，往大殿里一瞧，有二十来个和尚端坐在桌前齐声朗诵。越过庙宇，自上往下看，豁然开朗，人道是：半亩方塘一鉴开，天光云影共徘徊。那何止是半亩，而是数十亩吧，划成三四个“方塘”，清澈波平，应该是成为淡水养殖基地。这时已经来到村前，在一排高楼的门前，一个妇女模样的人看我探头探脑的就问我，你找谁？其实我看到她就想去打听打听，拉拉话。我激动得有点口吃起来，说，我很早就在这里住过。她说，那是谁呢？我看看她也并不是很老，就说，你，你也许不知道，我父母以前是这公社工作的干部。她马上接口说，那就是我家，我听说过这事。真有这等巧事，交谈了一会儿，我又疑惑起来，得把事情厘清，就追问着，既然是你家，那当时你到哪里去了呢？

她说，我还没有嫁过来。

那你老公家呢？

我公公死得早，婆婆带着儿子住在邻村的娘家，所以把这房子空出来了，租给你家。

噢，原来是这么回事啊。

租给你们的第二年，我要结婚，所以把房子收回来了。

那你多大年龄了呢。

结婚时 21 岁，现在 62 岁。

那这样就对了，当时我应该是 8 岁。

她连声说我的记性好，说我们没有见过面，如果那时见过，现在见到也会有一点印象的。

轿车停在不远处，坐在车里的朋友打来电话我急忙关了，我知道他们在催促了。尽管我谈兴正浓，忍不住和她拉了一会儿话，但还是起身告辞了，她还热情地叫我以后再去。

由于太匆匆，夜里躺在床上，我怀疑起今天的经历又是一个梦，还在细细回味。

忽然想到以前一首有关木杓屿的民谣，我奶奶也时常笑呵呵地吟起来：平山不平屿，单单剩个木杓屿。意思是说，遇到地震等自然灾害，只要地名中有个屿的，都会保佑平安的。

怀念一棵树

穿过岁月的风尘，一棵树，一棵开满灿烂花朵的树，闪耀在我生命的深处。

公社低矮简陋的厨房外是一块荒地，又有围墙与外界隔开，因此成了一个“死角”。这里长满了野草，旁边有一口水井，打上的水洗涤后，就冲到前面，因此这野草长得特别茂盛。除了野草外，还有一棵叫不上名字的树。它的枝条恣意生长，像舒展着的七手八脚，宽大的树叶就像是张开着的绿色手掌，夏天到了，枝头开满了稠密又丰硕的花朵。我时常呆立在水井旁，痴痴地看望着，得到片刻的宁静和安慰。

一天上午，干部都出去了，烧饭的阿婆还没有来，我忍不住爬上了那棵树。我依立在树丫上，差不多与厨房的屋檐那般高。这是我第一次如此亲近这棵树。那些花朵是如此灿烂夺目，粉红，又间杂着紫色。摸着碗口大的花朵，是如此柔软，细腻。闻一闻，清香沁人肺腑。

一个七八岁的儿童，感知着这个世界带来的稀奇和惊喜。在那纷乱喧嚣的岁月里得到安宁，苍白的大脑里摄入鲜艳的颜色，孤独的心灵里充满快乐。我终于禁受不住，采摘起这花朵来，采摘了一朵又一朵，放满胸怀。在这静谧的环境里，感受到了自己激烈的心跳。

这么多年过去了，但这棵树，这棵开满着灿烂花朵的树，生长在我记忆的深处。走过了好多地方，再也没有相逢到这种叫不上名字的树。如今繁华的世界，色彩纷呈，却都成为过眼烟云；就是我们的小城的公园里也栽满了各种名贵的花木，可到哪才能寻找到这棵朴素普通的树呢。

但我怀念着那棵叫不上名字的树，那开满灿烂花朵的树，那曾经给我绚丽色彩和温柔的树。

她绽放在我心智初开的童年，伴随我孤寂的时光，滋长在漫漫的人生里程。

现在，我终于知道了，她的名字，叫芙蓉。在小区的一隅，我见过长得一样的花，一问，才知道她叫芙蓉。只是我发觉，她的枝叶，没有当初的恣意，她的树干，没有当初的高大，她的花朵，没有当初的硕大和鲜艳。

传　递

那时我年少，奶奶爱用手掌抚摸我的额头，去感知我体温是否正常。特别是我身体不适，躺在被窝里时，奶奶神色惊慌地在床头弯下腰，抚摸我的额头后，再贴在自己的额头，对比感觉我的体温，或者俯下身子脸贴着脸。如果觉得我发烧，奶奶就紧紧地用被褥裹着我，靠着这办法流出一身热汗。而她整夜地睡不着觉，也不知在我额头抚摸了多少次。到第二天一大早，奶奶再来试探我的额头，觉得我烧退了，才放开我紧裹着的被褥，放心地去灶间，烧米汤或稀饭等清淡食物给我喝。

这就是以前中国乡村，我那目不识丁的奶奶为我测温、退烧的土办法。当奶奶那粗糙又宽大的手掌抚摸着我的额头时，我觉得是那么踏实、舒心和富有安全感。奶奶感知着我的体温，奶奶的体温也传递给了我，那是一种爱的感知和传递。

多少年后，我居住在繁华的城市，早晨起来收拾停当就要去上班时，推开一个还是静悄悄的房间。那是我女儿，年轻人就是贪睡。我拉下被头，撩开她的头发，用手抚摸抚摸她的额头，测测她的体温，有时候会嘱咐着几句，她也在酣睡中迷糊地点点头。

我这才迎着朝阳，去开始新的一天。

这阶段天气真是炎热，那天下午，我下班回来，在单位还是好好的，但一到家就头晕、肚痛。妻子马上打电话求教我在医院工作的姐姐，姐姐听后，一口断定，一定是中暑了，并说立即刮痧，还指出刮痧的部位：后颈，脖子、手肘内侧。妻子一手拿着电话，一手试着在我的后颈上拧了两下，马上喊出：红了，红了，那真的是中暑了。

我伏在床上，妻子开始在我的后颈刮起痧来，这是结婚二十多年来，妻子第一次为我刮痧，我也不知有多少年没有刮痧了。这中国民间治病的土办法，我年少时，奶奶时常给我做。刮痧的方法是，用大拇指和食指拧住刮痧的部位，再拨动，一下一下地，接连不断。我忽然觉得不对，妻子给我刮痧不对劲，干涩，生痛，我有点熬不住了。以前我奶奶给我刮痧可不是这样的，我一想，喊起来，把唾沫吐在大拇指和食指上，再来刮痧。妻子似乎觉得这个有点不妥，羞于做，但迟疑了一会儿，还是照着做了。

这样，一下一下地刮痧，尽管有点痛，但那是一种麻木的痛，一种舒坦的痛，我还听到“噗噗噗……”的拨动声。我也想起来了，以前奶奶判断刮痧是否刮对了，一看皮肉是否发红，二听是否有声音。不用多久，症状就开始消退，我惬意地享受着妻子的手一下一下地拨动。

我忽然有一种错觉，在身后为我刮痧的，是我已经去世十几年的奶奶，心头涌上一阵热流。

端　午

五月的阳光金黄又柔和，天地间一片明媚。外婆家门前两棵高大的樟树上，站立着两只喜鹊，叽叽喳喳着，在一唱一和。

在这个偏僻的乡村，河道环绕，一口口池塘平静又清澈的水面上，漂浮着几张圆圆的荷叶，摇曳着几缕水草。屋前的空地上和路边晒着收割来的麦秆，在阳光下，非常的醒目。人们脸上荡漾着喜气，匆匆走过。

这一天不一般。这一天是端午节。

敦厚的外公扛着锄头，手里捏着一把尺把长的绿色叶子回家，那叶子名叫菖蒲。坐在门槛上，外公一阵子的"去芜存精"，整理出菖蒲来，用红纸，分别黏在门两边的木柱子上。菖蒲朝两边倾斜，上下用红纸条黏着。真是好看，我好奇地凑上去，闻到了菖蒲的清香。

屋里，外婆正在灶台上忙碌着，菜刀切，锅铲炒，烟雾弥漫，香气扑鼻。韭菜、蚕豆、猪肉、黄鳝……这些是一大早，外公提着菜篮，和乡邻们摇着小船到小镇上买来的。

我和只大我两岁的小舅舅禁不住跑进灶间，巴望着快点吃。这时外婆拿起一只碗，碗里倒着些许烧酒，烧酒下沉积着橘红色的雄黄。外婆一只手拿碗，另外一只手的食指伸到碗里，蘸来烧酒和雄黄往我和小舅舅耳朵里、脖子上、额头上涂抹，我和小舅舅就往外逃，外婆就追。我们逃到屋前的空地上，瘦小的外婆站在门口，笑吟吟的还在招着手哄我们过去再涂抹，但我们只是远远地站着。

外婆没办法只好又进去忙乎了，我觉得涂抹着烧酒、雄黄的部位的清凉和灼伤感消失了，看看小舅舅耳朵里黄黄的，额头上黄黄的，就笑了。小舅舅看看我，也笑了。

但我们不敢再进去，就伏在晒着的麦秆上。麦秆光光的，太阳晒下来很舒服。这个时候，外婆一定是开始拿起那脸盆里揉好的一团面，往锅里抹开，抹成一张薄薄的大大的"麦饼"。如果再在麦饼里包上烧好的小菜，就可以美美地吃了。肚子有点饿了，我在想象着，外婆一张麦饼烙好了，又一张麦饼烙好了……

我现在也明白了外公外婆过端午节的一些习俗。民间认为，五月为恶月，暑气紧迫，五毒降临，门口插上菖蒲那是驱邪避瘟，小孩子涂抹上雄黄酒，就不怕虫蝎叮咬，平安过夏。

只是，这样的端午节也渐行渐远，只是在记忆里飘荡。

浪漫七夕

几天前，当QQ农场和牧场，发布“浪漫七夕”活动公告时，我才突然觉得“七月七”临近，不禁感慨春去秋来，四季交替又一年，更不由得对这个孩提时常挂嘴边的节日充满了怀想。

金黄的稻谷已经收割上来，田野里刚插下一行行绿色的秧苗，辽阔一片。篱笆下的牵牛花在风中摇曳，那绰约的身姿，紫红的颜色，在宁静的乡村弥漫着诗意。这个时候，“七月七牛郎织女相会”也随之走来。夕阳西下，暮色四合，暑气渐渐退去，家家搬出了竹椅、板凳，摆在门前屋后的空地上，大人摇着蒲扇，而小孩大凡坐不住，跑到路边捕捉飞舞的萤火虫。

但当大人开始讲牛郎织女的故事时，小孩还是被吸引住，静坐倾听。敦厚的牛郎，善良的老牛，美丽的织女，好心的喜鹊，可恶的王母娘娘，还有牛郎织女一对可爱儿女，随着故事发展他们依次登场，清晰得犹如在眼前闪现。这是一个美丽又哀婉的故事，小孩为牛郎织女的相逢相爱而惊奇和欣喜，为他们的分离而伤感，还有久久的惆怅。故事最后，从此，牛郎织女被宽阔的银河隔离开，一年只能相会一次，那就是七月初七。这一天，无数的喜鹊飞来搭成一座桥，牛郎织女跨过这鹊桥始得相见。

在大人的指示下，孩子们仰望闪烁的天空，识别哪是牛郎星，哪是织女星，哪是银河……这些原来属于天象的东西，开始赋予情感。据说，七月初七晚上，躲在葡萄架下，会听见牛郎织女相会时的窃窃私语。

清风吹来，孩子们有了朦胧的思念，为牛郎织女，企望着每年七月初七快点来到。

之后，稍大，我在上一辈人用过的旧课本上，读到郭沫若先生的诗《天上的街市》：

你看，那浅浅的天河，
定然是不甚宽广。
那隔河的牛郎织女，
定能够骑着牛儿来往。

我想他们此刻，
定然在天街闲游。
不信，请看那朵流星，
是他们提着灯笼在走。

郭沫若这首诗，描绘了牛郎织女新的一种生活情景，似乎是弥补着原来故事上牛郎织女的苦楚，抚慰着人们的心灵。读到这样的诗，那美妙的享受，我无以言表，文学竟然能给予人类精神生活这样的愉悦。在那个文化和物质同样匮乏的年代里，这故事，这诗歌，启动了我想象的翅膀，给予了我最初的文学滋养。

第五辑

时光的链条上

一

我一出生就与一个人在一起，她就是我的祖母。

从我有记事起，是祖母给予了我温暖和慈爱。面对这个陌生的世界，心灵的惊悸，睁着惶恐的目光，紧拉着祖母的手不放，依偎祖母怀抱，那不仅是身体更是心理上的依靠。

祖母任劳任怨，担当着繁重的家务，以宽厚的胸怀，带养着我们孙辈。面对我们的哭闹，总是柔声劝说着、宠爱着。无法想象，祖母从来没有斥责、怒骂过我们，更别说是揍打我们了，哪怕是轻轻地拍打屁股什么的。我们兄弟之间因为打架又都感觉吃亏而哭闹不休时，祖母会背过身子，遮住一个的视线，而在另外一个的耳边，用自己的双手掌拍打几下，说是已经惩罚了对方，另外一个得到心理上的满足就停止哭闹。

那个年代的乡村，宁静又贫穷。经历苦难的祖母，却很满足了。那个时候，能烧顿干一点的饭吃都是享受都是奢侈的事，每次烧饭时，祖母总是把米量了又量，算了又算，再下锅。而每次开饭，祖母总是让我们先吃，当我们吃好吃饱了，她才草草地吃些。但一旦知道我们还没吃饱，她会不安地惦记着，下顿饭会早早地开烧。也真是疯玩的年龄，我每天奔跑不休，由于体弱身虚，常常鼻子流血，祖母会跑到富裕一些的邻居，赊得一只鸡蛋来，磕破鸡蛋的两端，让我吮吸下，这是补充营养。

我也会顿觉得丝丝地来了生气，浑身有劲。要是，碰到发热感冒什么的，祖母整夜睡不好觉，用土办法给我解热，那就是把我用棉被包裹着，闷出一身热汗来，这办法也真有效，天亮时，热也退了，身体就舒服了，祖母也放心了。

窗外春雨潇潇，屋檐的水滴答滴答地流泻。破旧小木屋的窗下，一架木质织布机前，祖母端坐着，双手在左右两边穿着梭子，每穿一下梭子，就踩一下脚，那织布机就“啪”的一声响起。那是在织着苎布，厚厚的，糙糙的，织成以后还要染色，接着就可以裁缝成蚊帐和被单了。那些苎布做的蚊帐和被单结实耐用，不同的是蚊帐透气性差，被单则是暖和。那些苎麻是种在屋前屋后的角落里，到了季节，就剥皮日晒，加工成丝。祖母的穿梭声和织布声一下一下地传来，安详、亲切和踏实……我和几个小伙伴就冒雨在嬉戏着，不断在房间跑进跑出。穿过时光的隧道，那“啪、啪、啪”的响声还是那么清晰地在我耳边回响。

劳动是祖母一生的本性，在我家屋子的西边，是块菜地，祖母栽了树，种着青菜，树上和墙壁上爬满蔓藤，盛开着豆荚花，一片葱茏，四季提供着蔬菜。早晨，会看到那硕大的金色南瓜花沾着露水开了，祖母会指点我用雄性的花蕊给雌性的花朵“婚配”上，这样就会结果了；晚上，暮色苍茫，远风吹来，树影婆娑，祖母就与我坐在屋檐下，拉着话儿，绵长绵长……

长大了，在外读书了，但一到放假，就往祖母处跑，这一方水土，因为有祖母在，赋予了特殊意义，所以称为家，或者称之为家乡和老家。越接近家，心里越激动，心里越开朗轻松，感觉天也特别蓝，水也特别清，连风吹来都特别的舒畅。还未迈进门槛我就欢畅地叫起来，祖母会乐呵呵喜滋滋地迎出来，握着我的手不放，问这问那，沧桑的脸上绽放着笑意，孙子的来到，祖母就会觉得像碰到了喜事节日似的，那高兴的劲就别提了。

二

有一个人一出生就与我在一起，她就是我的女儿。

那一个时刻，凝视着襁褓中酣睡的红扑扑的“肉团”，心头涌上的不仅仅是紧张、激动，更是神圣和责任。

我与她呢喃着，伴随她每一天的成长。我知道，在这个世界上，我只是芸芸众生中的尘粒，渺小而卑微，没有带领千军万马，甚至一兵一卒，更影响不了社会的进步或者后退。但我知道，一瓶果奶、一包鱼片，女儿会绽开甜甜的笑容；我知道，带着她到大街上、公园里走一趟，对于她来说，就是一个新鲜又快乐的经历。我不管有多晚也要骑着那辆破旧自行车，蓬头垢面风尘仆仆地赶回家，看到女儿喜悦的笑脸，一切辛劳都融化成甜蜜。

她是如此依赖我这个父亲，亦步亦趋，好奇地问个不停，面对外面的世界，碰到什么需要回应的，即使不语也会用那圆溜溜的明亮大眼睛征求我的意见寻求指点。我牵着她的小手，走在铺满阳光的街道上，感觉很富足；骑着自行车载着她到处跑，感觉很自豪。稍大了，越发顽皮和淘气，她的“自主能力”发挥得淋漓尽致，想不完的鬼主意，使不完的歪点子，还把自己在学校的“光荣事迹”带回家津津乐道地做汇报。即使拍个照片，也要戴上大墨镜扮酷，来个夸张的造型。再稍大起来，到了“独立期”吧，在自己卧室的门上，竟然张贴起“闲人免进”的“通告”来，关起门来做作业什么的，对于父母的推门而入，还要扣上“不尊重别人”的大帽子。到了读初中时，青春期了吧，也“叛逆”起来了吧，在打扮上就可见一斑。她的进步，我高兴；她的不足，我也曾经忧心，也曾怒火冲天。但对后代，我们要做到，不但当他们取得成绩时我们要爱着他们，而且当他们失败了或者犯错了，我们同样要爱着他们——要耐心细致地帮他们分析原因，修正自己，迎头赶上。

几乎是一眨眼间，女儿年已十八，感觉温顺起来了，懂事起来了，对着父母的指点和批评，也不是鼓起嘴巴，气呼呼地奔进房间，再“啪”地关紧房门，而是耐心地微笑地听着，看来进入“小棉袄”角色为期不远了。就在前几天，她喜滋滋地跨进大学的校门了。生活也仿佛一下子为她打开了一个新的天地，潇洒地挥一挥手道别，与父母道别，与原有的日子道别。

是啊，女儿长大终究要离开父母身边，展翅飞翔。她有她的思想，她的生活，她的未来。

捧出夹有她照片的几大本影集，翻阅着一页又一页，包括第一页记录她出生的日期、地点和具体经历，还有她出生的体重，等等，仿佛在过去的时光重新漫步和体验，一切都历历在目……

三

时光的风掠夺走我的祖母，那些时光的碎片，就如此飘荡在心头，温馨弥漫。

多想能重坐在祖母的身边，说说话，但一切都成为奢望，一个永远也实现不了的奢望。

只是在清明节，我会登上那座小山，来到祖母墓前，但是阴阳相隔，只有默默无言；只是在梦中，扶着祖母蹒跚着，在一声声呼喊祖母中惊醒，心里涌上阵阵疼痛。

曾经读到一篇短文：丈夫从外面回来，告诉妻子，美食节上有人竟然吃起了油炸蝎子，妻子说，我是不吃的。于是，丈夫作了假设，给你金钱呢？妻子答，不吃；丈夫说，给你青春呢？妻子说，不吃；丈夫说，给你美貌呢，妻子说，不吃……最后妻子沉默了一下，说，如果能让我的母亲活回来，我吃。说吧，一行热泪潸然而下。

读到此，我心头一颤，我要说，如果能让我祖母活回来，哪怕是一会儿，我这个不敢吃牛蛙之类的大男人，何止只是吃油炸蝎子呢，我什么都敢吃。

忽然有一日，终于想象到，祖母就是村边那条河流，宽阔，滋润，包容，又壮美……流淌在我脑海，流淌在我灵魂的深处。

我时常怀想女儿小时候的情景，也时常发出感叹，有人说带儿养女多么艰难，可我总觉得女儿怎么不经带呢——一眨眼就长大了。如果女儿还是那么小，或者永远停留在那个年龄，该多么好，当然，这是可笑的想法，而且女儿也一定不会答应的。

有些原来很简单的道理，在爱恨的情感交织中，很久才会明白：我们都是在无涯的时间里经历着那么短暂的一段，要去的我们留不住，要来的自然会来，只是在人类繁衍的链条上，爱是多么珍贵又无形的传递。祖母给予我的，我铭记心中，也影响着我一生；在许多年后，如果女儿还能想到我给予她的点点滴滴，我也满足了。

时光的背影

一

那段时光愈行愈远，又时常会在我眼前飘荡。

1978 年 3 月 12 日，清朗的天空，时而飘舞起雪花，飘落在空旷的田野上。中午 12 时，我从家乡一个叫五里泾的埠头，孤零零的河岸边用几张石板架起的一个小平台，乘上汽船。我的随身行李是一条捆扎着的棉被，一个用网兜提着的脸盆，一个黄色帆布挎包。经过一个半小时的行驶，又在一个同样是孤零零旁边没有房屋的叫下保渭渚的埠头上岸。

这个船程，票价为 1 角 4 分。在这天以后，我挎着那个黄色帆布挎包，在这两个地方候船和上岸，不知有多少次，大约 10 年，阅览着田野金黄的稻浪翻滚，两岸杨柳吐芽飘荡……只是因为往返的方向不同，这两个地方每次都要互换“起点”和“终点”的角色。

这是我第一次在这个陌生的叫下保渭渚的地方“登陆”，但我要到达真正的地方还有二三十分钟路程，但在还没有上岸时就遥望可及：那一个山坳里，一个高高矗立的烟囱，一座座工业反应塔、高架的管线和厂房……

我一手搭着肩头的棉被，一手提着网兜，挎着黄色帆布挎包，穿过田埂后，就沿着山脚下的小路昂首挺胸向前迈进。

雪花飘舞着，那是多么优美的精灵；虽然是一片萧瑟景象，但一股春天的气息还是扑面而来。我身穿单薄衣服，但此时，心里好生激动和自豪，还有对接下去日子的美好憧憬。

我的人生迈进了一个新“纪元”——从这天开始，我就成为这个正在兴建、即将开工的化肥厂工人了。

这一天，我还不到18周岁。在高中毕业“待业”半年多后，非常荣幸地“支工”了。那个时候，作为拥有令人羡慕的居民户口身份的“知识青年”，学校毕业有两个去向，一是支农，一是支工，那可是天壤之别。

二

报到那天，就领到了当月25元工资和3元的“粮食差价”，共28元。我把人生得到的第一笔“巨款”小心翼翼地塞进“暗兜”里。这“暗兜”是当时裤子上藏着的“玄机”，位于紧靠裤带右下方的一个小兜，专门用来藏钞票或者手表等贵重物品的。28元是什么概念啊，在那个绝大多数成员没有经济收入的社会里，是沉甸甸的财富哦。

这25元是我们试用期的工资，一年后定为一级工，30元，又一年后，转为二级工，35元。数月后，开工投入生产，我们有了夜餐费、营养费、冷饮费、奖金……每月竟然达到四五十元，我的收入超过了当了二三十年行政干部的父母。

从这天开始，我真正享受着社会主义的阳光雨露。今天的年轻人是无法理解当时我们心中的那份激越，那份自豪，那份优越得高高在上的感觉的。

我们的工资是财政发的，比如，这第一个月的全额工资，据内行的人介绍，那是厂里为我们新工人考虑的报到时间得到的，按规定，15日前报到就可以拿全月工资，15日后到月底就只能拿半个月工资了。

不但是在经济上，而且在户籍身份上的优越感也无与伦比。从这之后，我的一些同学相继成为“接班人”，招聘进入乡镇成为干部。现在有时候与他们一起喝高了，我对他们高嚷着：那个时候，我们这国有工厂的工人，还哪里瞧得上你们这些乡镇干部啊？他们也连声应附着：是啊，是啊，那时多么羡慕你们，你们是高高在上啊。他们的户籍关系还在农村，我们才是真正“国家的人”。

我们工厂还有福利，单是那个“劳保用品”更是让人们眼红。不但有工作服、雨鞋，还有手套、口罩、草纸，夏天还会发草帽，工会还发电影票、理发票。在那个物资匮乏的年代里，这些都是丰厚收入。比如，说是劳动保护用品的棉纱手套，一般来说，大家舍不得在上班时使用，而是带回家，拆成线，再织成“毛衣”“毛裤”等。我们的住房、我们的医疗等，都会给包下了。

而且在政治上，工人处于优越的地位。长期以来，干部在“阶级斗争”中，稍有不慎，就会犯“路线错误”，而受到游街批判，成为政治运动的专政对象。而“工人阶级领导一切”，工人清清爽爽，干干净净，没有后顾之忧。

三

我们县城竟然能生产化肥了，那真是一个轰动啊。

化肥厂离县城约三五里，这也是化肥厂的特殊性所决定的，这与众不同的地理位置，更是增加了人们的神秘感。化肥厂开工投产后，好奇的人问得最多的是：化肥是用什么制造出来？

但有人特别是农民，他们对县里制造出来的化肥并不说是化肥，还是习惯称为“洋粪”，甚至把化肥厂称为“洋粪厂”，这“洋粪”在这里看起来多少有损雅观和土气，但在当时，却代表“极品”和“高端产品”。在那个时代，化肥大多来自进口，人们称为“洋粪”。我从小就听过一个流传甚广的有关外国人是如何制造化肥的说法：中国向日本订购化肥，日本设备先进得很，大轮船是空着舱从港口驶出，在公海里逛一趟，舱里就堆满化肥，直接驶到中国港口来卸货了。

化肥厂具有高温高压高度连续性这样的特点，实行的四班三运转。生产车间，机器轰隆，连面对面说话都听不见。一有泄漏，那个臭味直扑鼻腔和喉咙。但是，我们感觉特别的自豪，在特定的年代，那个噪音，那个臭味，就意味着现代化，意味着化学工业这样一个先进的事物；就是那个下半夜班，那是从夜里十一点多上到第二天早晨八点的班头，是十分辛苦的，如果我们晚上在街上碰到熟人，聊上几句，接着就摆出要走的意思，说：今晚，要上下半夜班。心理和语言上分明是一种神秘感，透露着你们还是平庸的“日出而作，日落而息”的生活规律，我们则是现代化了。

那件左衣兜上方，印有“抓革命　促生产”黄色漆字的靛蓝色工作服，成为我们身份的象征，也成为我们的“时装”，最喜欢穿着它逛街走亲戚了。

自行车和手表成为我们追求的“两大件”，也是我们两件最大的个人资产了。好多人为了购买自行车和手表做起“互助会”来。手表时兴的是，宝石花牌，85 元，钻石牌，90 元，上海牌的就需要 125 元了；而高端自行车则是“凤凰”和“永久”了。

骑着自行车，戴着手表，那就是一个派头，那就是一个风光。

四

其时，改革开放大门开启，文化可用汹涌来形容。

世界一下子为我们洞开了，首先在电影上最为直接。

那个春节，在大会堂里，放映日本电影《追捕》，高仓健和中野良子惊人的一吻，让我在黑暗里紧张得瞠目结舌，血液直往头顶涌。他们在接吻，而我却几乎窒息了。

外国电影为我们展现那个光怪陆离的世界，那一个个扣人心弦的我们想象不到的故事，每观看一次外国电影我们内心都会受到强烈的冲击。有人就说过：看外国电影，就是看看那一幢幢高楼大厦，奔驰的汽车，也是长见识了。

南斯拉夫电影《桥》播出后，那主题歌：朋友，再见，朋友，再见……时常在我们年轻人口中唱响。

香港电影《巴士奇遇结良缘》让我们从“生活化”的故事里，第一次看到了资本主义制度里中国人的一面：那市容，那交通，甚至那服饰，那语调，还有那浪漫的爱情和生活的艰辛。

还有解禁出来的电影《阿诗玛》《五朵金花》等。我们从文化荒漠、电影荒漠过来的人，惊奇地发现，原来还有这么精彩的电影让我们尽情观赏，顿觉人生是多么美妙。那个时期，电影成为我们主要的娱乐活动，我把每次观看过的电影都登记下来，每月都达到七八场、十来场的。

宿舍里飘荡起邓丽君的“好花不常开，好景不常在……”“美酒加咖啡，我只要喝一杯……”这样的“靡靡之音”。但又总觉得这绵绵的音乐挠到我们的心的某个柔软的部位而沉迷。

那些赶时髦的青年，在“崇洋媚外”的声讨中，穿上了西装，穿上了喇叭裤，穿上了格子衬衫，成为“另类”和“新潮”。

也有大陆上创作的歌曲，当时在年轻人中流行《幸福不是毛毛雨》：

假日的我们多么愉快，朋友们一起来到郊外，天上掉下毛毛细雨，淋湿了我的头发，滋润着大地的胸怀。毛毛雨，啊，毛毛雨，你是多么温柔。毛毛雨，啊，毛毛雨，你是多么可爱。噢，幸福不是毛毛雨，不会自己从天上掉下来。

当然，也有明快、高昂，同时也是流行的歌曲，《年轻的朋友来相会》里，“但愿到那时我们再相会，举杯赞英雄光荣属于谁，为祖国为四化流过多少汗，回首往事心中可有愧”。充满着革命的英雄主义，让我们热血沸腾，精神抖擞，但对“再过二十年我们重相会”的二十年后，感觉那是非常之遥远的。

五

那山脚下，两幢面向东方的三层宿舍楼，视线所及全是田野，春天里，油菜花开，那真是一个花的海洋，夏收夏种季节，一夜之间，那金黄的稻谷会变成碧绿的秧苗……那个县城只是出现一个边沿，就如大海里出现的一艘航船的影子。

房间里，一张木板床是最初全部的“家当”，连衣服也只是放在一个皮袋子里，塞在床底。以后从家里运来了一个床前橱，再以后弄到了一张桌子。也从三人一室换成单独一室。当十年后，我离开这宿舍住到市区同样属于厂宿舍，但只有结婚登记了才可以申请的“家属宿舍”时，最大的家产是三大橱的书，整整装了一手拉车。

学生时代真是“文革”十年，名有高中学历，实际上是“假货”一个。进入工厂后，我踏上了自学之路。还报名参加县总工会的职工夜校，而且一报就是好几门。

那个时候，能订到杂志也是很不容易的，特别是像《人民文学》《十月》之类的，是限额的。我一订就二十多份。购买来《政治经济学150问》《通俗哲学》《大众美学》之类的。逢到上夜校，不管是下雨还是下雪，都要穿上雨衣，骑上自行车到县城上课。回来后，就开始读书或做作业到深夜。天气寒冷，就不断地跺着脚取暖，以致住在我楼下的人与别人说起：这楼上的是干什么的，老是半夜三更把楼板踩得砰砰响的？夏天不用说是电风扇，连把扇子也没有，热极了，抓过一本杂志来猛扇几下就是。

我从来没有在十二点前睡过觉，即使是上下半夜班，也从不休息，直接去上班，所以每碰到上下半夜班，我都是通宵不眠。而下了上半夜的班回来，则继续看书学习。

化肥厂生产具有季节性，开始的几年，几乎是只有半年开工，其余的日子全放假了，冷清的山坳，空寂的宿舍，只有几盏灯亮着，那其中有一盏灯就是我的。

以致把自己弄得骨瘦如柴，尖嘴猴腮，甚至魂不守舍，对此遭到了家人、亲戚的反对和不解：人家读书是为了找工作，你已经有工作了还干吗这么辛苦读书？看些书，作为消遣消遣就是了。

如饥似渴地读书写作，没有半点升官发财的名利念头，也没有想弄个“业绩”作为筹码来调动个工作什么的，很单纯，那就是对知识的渴求，对文学的喜爱。

那徒有四壁的房间，清风穿堂而过，春光涌动进来，一张木板床，桌子上叠满了书本，这样的景象时常在我脑海里闪现，亲切，又明亮。

六

1994 年 5 月 18 日，这个春意阑珊的日子，时而下着零星小雨，我推着自行车出了厂门，上了那个坡，甚至连下坡时，我也没有像以往下班时飞也似的疾驰而去。

这个下午，我办理了所有的手续，调入一文化单位，从人事关系而言，我与这个厂没有关系了；我在这个山坳里，这个化肥厂，整整度过 16 年又 2 个月零 6 天，曾经幻想着远离这个厂而去，当终于真的要走了，个中滋味不是简单的留恋之类的词语可以形容的。

小化肥厂是 20 世纪 70 年代特有的产物，是为了打破外国封锁，高举独立自主、支援农业的旗帜而自行设计、自行建造的，也确实让中国人自豪和兴奋了一阵子。但随着改革开放的推进，随着“质量”“效益”的提出，小化肥厂的“高消耗”“低效益”“重污染”等问题凸现，引起当政者的政策调整，从原来颇有政治色彩的开始转以经济杠杆调节，推行了“淘汰”机制，自生自灭。

我离开了化肥厂后，又过了几年，这化肥厂也偃旗息鼓——被别的厂兼并了，厂区所有的建筑、设施，包括那个高高的烟囱，皆被夷为平地，当然连这厂名也不复存在了。这也是全省小化肥厂关闭较迟的一家。这化肥厂所处的村庄，原来是地处偏僻的山岙，现在移走了小山，成为繁华的市区了；原来只有在化肥厂拉拉煤炭、运运化肥挣些小工费的村民，现在住上了别墅。就在几天前，我在当地报纸上看到头版头条专题报道，称其是“繁荣的城市中心村”，并配发了别墅群的彩色照片。

岁月易逝，但岁月还是带不走许多东西；当初的阳光闪耀在今日的心头。

四　楼

四楼，就是房子的第四层——这解释又好像是多此一举。

这幢大楼建于20世纪80年代初，那是一个百废待举又是对未来充满无限希望的新时期。说是大楼，其实也就是六七间四层高的房子。在这新大楼办公的有县文化局、图书馆，刚恢复的文化馆，接着还有新建立的文联。这幢大楼类似于文化大厦或者是文化中心，但那个时代并没有这样的名称流行。今天来看这幢大楼，是最平常的一幢楼，甚至显得陈旧和落后。但在这幢大楼建成十多年后，也就是我现在写这篇文章的十多年前，我调入这幢大楼工作，单位已经办理退休手续而留用的老领导，曾经向我慷慨激昂过，当初为了建造这幢大楼带着一班人马慕名到某些省考察，建起了县城里这幢首屈一指的“洋房”。

当这幢大楼矗立起来的时候，我二十多岁，在城郊化肥厂当工人，这幢大楼似乎与我毫无关系，但我是一个“文学青年”，是一个“业余文艺骨干”，这幢大楼对于我来说，又是某种象征，或者说是一个圣地。我在这大楼里听过文学讲座，虔诚地往这大楼里寄过甚至送过稿件。

这幢大楼在县城那条唯一的主街道边，前面还有一个小公园。这幢大楼的四楼是一个小剧场，有两件与四楼相关的事我至今还记得清晰。这两件事都是发生在春天时节。其一，那是一个上午，我坐在剧场里，观赏着一个演讲比赛，那是一个以70年代末的一场战争为背景，谈青春、人生、爱国的全县演讲比赛，其中两个演讲稿就是我写的。聆听着自己写的语句，由演讲者站立在台上抑扬顿挫表达出来，那是一种特别美妙的感觉。春光从窗口涌进，剧场显得特别宽敞，特别高朗，特别明亮，也特别醉人。在这里，我也碰到了初中的班主任，也是至今我唯一碰到他的一次，他是作为所在区选手前来参加的。其二，是在这剧场里“观摩”了10部“内部”外国电影的录像。那时国门初开，但禁忌多多，来自西方的东西岂可随便让大众观看。但这“观摩”就与一般的“观看”不同了。“观摩”那是学习、批判、借鉴，“观摩”那是“专业人士”“内部人员”才有权享用得到的。这也是文化部门给予我们文艺业余骨干的“厚遇”，当然，我们也得掏钱才可以拿到票子。那是张油印的巴掌大的票子，有着这张票子才能连续五个晚上进入小剧场“观摩”到那10部电影录像，这相当于现在的“联票”“套餐”，但那个时候还没有此类说法。拿着这张票子在工厂炫耀，晚上就骑上自行车来到城里进入防护严密的小剧场，在四楼的阳台上往向下看，只见好多没有票子的人在翘首张望，于是，自己心中就涌上了高高在上的感觉。那10场电影录像，其中有《教父》，还有一部什么电影忘记了，是讲间谍的，但那个视觉和心灵冲击力是巨大的。

当我进入这幢大楼上班时，其他单位都早已搬出去，我单位是这大楼唯一的主人，包括法律关系上的。四楼已经敲掉舞台搬走座椅，改为舞厅了。这舞厅是县城最早的一家舞厅，在这个海滨县城，这家舞厅有个既具有海边风味又有异国情调的名字。这个县城第一家舞厅，至今还留有当今年轻人不能理解的痕迹：在原来售票处的灰色墙壁上，用红漆写着“请出示身份证”的字样，每个字比巴掌还要大。据说，这个舞厅还有来自“高层”的压力，县领导就在某某会议上愤慨地责问：舞厅里的灯光为什么这么暗？

但我的同事则更愿意眉飞色舞地叙述舞厅之前的“当年勇”：放映录像——如何到广东翻录来连续剧《霍元甲》，在这小城引起何等的轰动，如何没日没夜地连续放映，伙计们如何开心地喝酒，那时通宵值班可以拿到两角钱的补贴，省文化厅又如何在这里召开“以文补文”现场会……

当我调入这单位时，这四楼舞厅已是个迟暮美人。那个时候，已经相当“开放”了，民间可以办文化，这些舞厅更是不在话下，城市里雨后春笋般矗立起金碧辉煌的舞厅数十家，当然，还有“超一流”的服务。而这当年县城里第一也是唯一的舞厅，设备陈旧，装潢落后，规模太小等缺陷显而易见。当时这舞厅已经是对外承包经营。

舞厅在四楼，我们就在三楼办公，天天与舞客们在同一个楼梯上上下下，擦肩而过。每到下午三点钟，那舞厅会准时地响起激烈的迪斯科舞曲，接着就感觉到房子在摇动。只是相距几级台阶，但这么多年了，竟然只是上去过一次，那是一次发现漏水，那做摄影工作的，拉着我一起上去看个究竟。舞厅里一片黑暗，沉闷。

接着，我单位也搬到与这幢大楼相邻的一幢房子里办公。而我恰坐在四楼，窗外就与那四楼的舞厅，基本形成平行视线。这四楼舞厅的北边，仰头望去，整排玻璃窗涂上了厚厚的漆，而对着我现在办公室的南边原来长长的阳台，却搭起了临时性的建筑，“统”到舞厅里，成为包厢。这四楼对于我来说，只闻其声，不见其形。有时候，我提早来上班，会听到“早场”的音乐，还有上午和下午也会分别听到各个场次的乐曲，有时候到了震耳欲聋的地步，打扰了我的思维。

不久前，这四楼的舞厅终于“寿终正寝”，但四楼又马上租赁给新的经营者——开拳馆。面向我窗户的那排封闭的包厢也推倒了，架起了明亮的铝合金窗，我除了看到堆积得高高的泡沫垫和悬挂在屋顶的风扇外，就是到了训练的时候，会听到响亮的“嘿嘿嘿”的喊叫声。

有一日，我忽然想到，这四楼，就如卡夫卡的“城堡”：分明就在前面，但就是进不去，看不到城里究竟是怎么一个模样。

我知道，我回不到从前，但从前是那么清晰地浮现在眼前。

1978年那场午夜电影

1978年的春天，阳光灿烂又柔和，洒照在浙西开阔的大地上，让我满眼闪耀，也让我心胸明亮和开朗。当时的大好社会背景是，打倒了祸国殃民的“四人帮”，人心所向的邓小平重新出来工作，中华大地历经十年浩劫后，百废待兴，人民无不欢欣鼓舞，扬眉吐气。而对我个人来说，刚中学毕业就招工进入还在兴建的化肥厂，和七八十个同伴从浙东南沿海小城，来到地处浙西的衢县(2001年改为衢州市衢江区，后文不再解释)化肥厂培训。因此，我们无不沉浸在美妙的感受和憧憬中。

在这样的时期，不断有好消息传来，也不断地经历着新鲜事。越剧电影《红楼梦》解禁，衢县电影院开始放映了。这可是轰动一时的事件，电影院是24小时转动播映。几乎人人都在传递着这个新闻，师傅见到我们也会随口问道：林妹妹看了吗？

衢县化肥厂坐落在宽阔的衢江畔，离县城四五里远，我们又住在离化肥厂三四里路的农家房子里。不知是谁搞到电影票了，是午夜1点多钟的，我们这班年轻人沸腾了，激动万分。我们是零点钟招呼着起床，风风火火地赶了七八里路，却被告知电影票上的时间印错了，是第二天的票呢。也许那时，人们还没有24小时的时间概念，把下半夜的时间还是认作今天的，而我们上三班制的工人，却是认定午夜零点是开始新的一天了。这也许是太清醒的人，反而被糊涂的人捉弄了一番。幸好，不知谁又退来了下一场的票。可还有两三个小时啊，于是我们就行走在静夜的衢县城里。浙西春天的夜空，高远又清朗，清风徐徐而来。

总算等到这场电影开演时间了。这是我第一次观赏越剧，那场《红楼梦》给我的是从来没有过的感受。那优美的场面，绚丽的色彩，柔婉的歌声，俏丽的人物，让我沉浸于其中，特别是王文娟扮演的林黛玉形象更牵动了我的情怀。随着剧情的发展，欢乐喜庆时，我豁然开朗；演到林黛玉的凄凉经历和悲惨结局，我泪流满面。

在此之前，我所能看到的电影除了样板戏，就是打仗的《地雷战》《地道战》《南征北战》，还有就是反映阶级斗争的《红雨》《青松岭》之类的。以前在我的心目中，总是感觉故事片看得过瘾，而“做戏”，在舞台上晃来晃去，唱唱念念的，未免太做假了，没有意思。

而这场越剧《红楼梦》竟然把人物刻画得如此细腻和真切，即使那一举一动，一笑一颦，也牵引着我。越剧《红楼梦》把这么一个哀婉的故事和鲜明的人物，疼到我的心坎里，几乎深入到我的骨髓，渗透进我的血液，让我经受一次心灵的洗礼和涅槃。就是这场电影，让我明白了什么是越剧，也让我知道了什么是《红楼梦》——在那个我成长的年代里怎么能读到这样的“禁书”呢。

在此之后，我也带着饼干赶场似的观看了越剧电影《碧玉簪》《五女拜寿》等，注入自己对越剧的痴情和喜爱。

我至今还时常怀想着那1978年春天在浙西衢县那个午夜，浮现着那越剧电影《红楼梦》动人的画面，萦绕着那呢喃的唱腔。

乡村教师俞子炎

小学四年级时，我插班进入山市小学。这是一个淅淅沥沥下着雨水的初夏时节，烟雾笼罩着四野。踏着泥泞的田埂，怀着忐忑不安和新奇的心情，我在公社管理教育的干部带领下，走进了这所学校。俞子炎老师就是我所在班的班主任兼语文老师。

俞子炎老师清瘦、高个儿，背微驼，这也许是教师，特别是乡村教师的形象吧。

说起来我与俞子炎老师还有很缘呢——因没几天他就送给我一个绰号了。那天，也是个下雨的日子，上课时，俞老师要提问了，因我是中途插入的，所以坐在最后一桌，一听提问就跃跃欲试，连忙把跷着的脚放好，把被雨水打湿了卷起的裤管拉下，做好了随时被提问的准备。俞老师看见我这个神态脱口而出："哦，真是'三日老兵'啊。"于是迎来哄堂大笑。意思显而易见：时间不长就成"老油条"了。接着，俞老师"论述"起来："新兵怕大炮，老兵怕机枪。"并解释说，新兵上战场，一碰那"轰轰"响的大炮就怕得要命，而不怕机枪，因机枪没有大炮凶；而老兵有经验，知道大炮尽管气势凶猛，但容易躲避，而机枪的子弹看不见，实是难防，所以是危险的。从此同学们就叫我这个大名——"老兵"。直到离开这所学校，不，以后偶与同学碰见，他们还是脱口而出——"老兵"。这句"老兵怕机枪，新兵怕大炮"的俗语和诠释，直到如今，我也只听过俞子炎老师说过这么一次，但从此就在我的心中扎根了，也许终生不会忘记。

记得一次劳动课，俞老师带领我们为学校的菜园削草锄地。我们都是兴高采烈的样子，跟着他说笑着。这时，一个很矮小的叫黄妙青的同学正拿着草耙低头除草。俞子炎老师指着他说："黄妙青，以前说你个子矮，看戏的时候可吃亏了，这下可占便宜了吧，不用多弯腰就离地面最近了。"说得我们哈哈大笑起来，说得黄妙青不好意思，腼腆极了。

俞子炎老师温和、细致，平易近人，从来不高声斥责或者暴跳如雷。更主要他课上得好，一板一眼的，且尽心尽职，我们学得有滋有味。我也经历了最快乐和学习成绩最好的一段学生时光。

俞子炎老师，每天行走在学校与家之间。他的家在一个依着山坡又面向104国道叫塘头的小山村里。

乡村教师俞子炎，瘦长的身子站立在黑板前，挥动着同样瘦长的胳膊为我们传道授业解惑，那情景，至今还在我眼前闪动着。窗外就是田野，在这破烂的教室里，在那时，我们一定以为是最明亮的地方。

离开那所学校以后，与俞子炎老师一直没有谋面过，也没有他的音讯，依稀记得，很久前在报纸上看到俞子炎老师的消息，是退休老师发挥余热为村里服务什么的。

那没教过我课的李老师

李老师是我中学时的老师，但他从没任过我所在班级的课；因此，从某种意义上说，他不是我真正的老师。

现在推算起来，那时，李老师的儿子小树也就读此校，比我低一年级，李老师当时也就不到50岁吧。但李老师长得够瘦小的，用“骨瘦如柴”“皮包骨头”，甚至用“会被风吹倒”等词句形容，也一点不为过。李老师还吸烟，因此时常弓腰低头咳嗽不止。我们学生也听闻过，李老师在“反右”运动中，因什么言论受过批判，当时还戴着什么“帽子”或留着什么“尾巴”吧，因此在学校中，应该有点边缘化的。但李老师对学生态度温和，说话幽默，一个情景我记得很清楚，他与我班的几个女同学站立在操场上，说着风趣的话，让女同学哈哈大笑。

我至今还记着李老师，而且心存感动和感激，缘由是一件原本与李老师根本不搭边的事。

我所在的班级，大部分同学对那个女老师似乎有着很深的怨仇似的，其实现在看来，只是她工作方法有问题，而惹起“众怒”。这女老师年近三十还未婚，而且连对象也没有，那时可是不多的，风言风语很多，我们学生也就时常瞎嚷嚷。

某一次下乡演出，我怎么又与这女老师拧上了，我仗着自己读过一些小说，在人群面前，编起她的故事来，而且是很损人的那种故事，这有着青春期的冲动，也似乎为显示自己的博学和富有水平。这女老师当然愤慨，汇报给校某领导，我的“罪行”也传开了。听说还要对我处分，那威严的学校某领导的斥责我此前也多次领教过的。

我很恐惧,也后悔自己的冲动,多想没有发生这事啊。但说出的话,倒出去的水,想收也收不回来了。

我惶惶然走在学校的操场上,这时,李老师过来叫住了我,第一句问了大概是"究竟是怎么一回事"的话,我现在记不起了,我当时是不是简单地回答了事情的经过,但我更相信,按我的性格和具体这件事,我当时是低头不语的。接着,李老师温和地说:"你要学起好哦。"随后,李老师补了一句:"我小树也不听话哦。"

就是这么几句话,我听了,点点头走开。回到寝室,我怀着激动又有着痛改前非的心理对与我同铺睡的同学诉说:李老师叫我要学起好。

这同学却有不同看法,说:"谁不想学起好啊,怎么样算是学起好了呢?"同学的意思是学起好的标准是什么呢?

是的,其实这是一句宽泛的话,但他那么真挚温和,而且本来与他毫不相干的,在我风声鹤唳惶惶不安中,确实给了我安慰,舒缓了我少年紧张的心,让我是多么温暖和感动。真正能触动人内心的,不是怒吼斥责,也不是像做报告一样,第一,第二,第三……的长篇大论。我在心里暗暗地想定,不管怎么给我处分吧,可我还有以后啊,我以后一定要好好地表现,做个好学生(至于我闯下的祸以后也是不了了之)。

毕业三十多年了,我再没有与李老师相遇过。极有可能,李老师根本记不得这件事,以及曾对我说过的话。但李老师温暖着我的心,让我感觉到柔情和关怀。

不久前,听说李老师退休后在家乡的小镇上生活,已经病得离不开房间,但我还是惊讶、敬佩他的生命力。后来见到李老师的儿子小树也就是低我一年级的同学,他已经是一所名校的副校长,也算是子承父业了,所不同的是,他长得白白的,胖胖的,挺着个大肚子。

再稍后听说,小树的儿子,也就是李老师的孙子,成绩突出,就要被北京大学或者是清华大学免试入学了。

现在，我除了铭记着李老师的“你要学起好哦”这话外，还琢磨起李老师接着的那句话“我小树也不听话哦”。李老师的儿子小树，聪明、活泼、顽皮，尽管不与我同一班，但我也时常看到他在自己教室门口跑进跑出，与同学打打闹闹，现在我至少明白了如下：一、作为一个父亲，对孩子成长的担忧和关心；二、间接地宽慰我，人都有不足的，缺点的，重要的是改正；三、李老师会批评、教育孩子，但一定也是耐心的，和风细雨的。

所以，李老师现在子孙的这一切，我认为是极其自然而然的事了，有着这样的李老师，他的子孙不发达、没出息才怪呢。

再后来，闻悉李老师仙逝，涌上叹息和惆怅。我时常在想念着这没有教过我课的李老师，愿李老师在天之灵安息。

我的双脚冻伤在酷热的夏天

我的双脚冻伤在酷热的夏天，那是在 30 年前。至今，我双脚还经受着冻伤的苦痛。

这是一个近乎天方夜谭的词语交叠："冻伤"和"夏天"，还伴随着"酷热"，让人们匪夷所思，有人会怒骂我在散布耸人听闻荒诞不经的谣言。

但是，我的双脚冻伤在酷热的夏天却是千真万确的事实。而且我还要排除一种可能，那就是我的双脚不是冻伤在冷藏库里什么的，那个时候哪有什么冷藏库，连冰箱也没有听说过呢。一定要揭底，那么，我告诉你，我的双脚冻伤在夏天常温下的自来水。

你不信？对，如果换作我，别人这么说，我打死也不相信。

20 世纪 80 年代前后，我是一名国有化工企业的青工，在山坳的集体宿舍里，我们这些大多是二十来岁的年轻人，快乐又自豪地生活着。

在两幢宿舍之间，有一排水槽，上面按着一只只水龙头，供我们洗用。夏天到了，天气热起来了，除了早晨在这洗漱外，平时也会拿着面盆和毛巾到这里洗把脸擦个身的，接着，会捧起盛满水的脸盆，往脚上倾倒，随着"哗"的一声，顿觉清凉爽快，于是，一盆一盆接连地倾倒。那个时候，自来水不普及，我们工人才有资格享受；也没有节约资源的意识，何况自来水只有几分钱一吨。再说，宿舍里没有空调，拥有电风扇的人也是屈指可数，我连把扇子也没有，燥热时，就抓过一本杂志猛扇几下，特别是骑着自行车从外面满头大汗赶回来时，这个自来水就用来降温了。

后来我发现，我这双脚对自来水越来越依赖了，到楼下水槽边冲凉的频率也越来越高。我一站在水槽边，双脚就会自动地产生“一冲而快之”的欲望；当那清凉的一盆水对着脚从上到下冲洗下去时，我就感觉很舒服很爽快。

这样的夏天过了一年或者两年，抑或是三年，我发现情况不对。比如，夏天当我躺在床上午睡，特别是有风吹来时，我那双脚板像针刺似的生疼，不是一根针，而是脚板内有许多的针向脚板四面刺。这样，就出现了这样的场面，人们看到就会发笑的场面：床上，我上身赤裸，而那双脚板却钻在棉被里，而且实实地缠着——这样暖和舒服。

为什么这样呢，我回顾了一下，不用多难就找到了问题的症结，那就是冲凉惹的祸，我那双脚是被那清冽的自来水冻伤了。

但我还是控制不了自己，夏天当我站在水槽前就觉得那双脚有着那种强烈的欲望，那份无以言表“一冲而快之”的迫切；但当一冲洗获得快感后，心里又后悔了，我知道自己要对自己的行为承担后果。

这样，这么多年来，那冻伤的双脚一直没有痊愈，只是随着冲凉的程度，每个夏天的生疼时剧时缓而已。因此，一年四季我是离不开袜子，即使夏季我也是穿袜子而且特别喜欢穿那种厚厚的棉纱袜子，即使是穿凉鞋也是如此。也不知为什么，反而冬天却不明显，也许冬天全身都是冷的，突出不了这双脚板了吧；或许这双脚是夏天冲坏了的，所以在夏天“还账”来了。

就是现在，夏天在洗脸洗手时，我最怕溅起洗手盆里的水落在小腿和脚板上，哪怕只有几滴水珠，我都会觉得整个脚紧绷绷的，而且很肮脏，很难受，这样，就会出现两种结果：一是我赶快逃出卫生间；二是终究逃不了，那种愿望太强烈了，于是脱掉袜子，一盆凉水哗地倒在脚上，或者就是干脆拿起洗澡的水龙头冲洗起来……

我的双脚冻伤在夏天，冻伤在那些酷热的夏天里，至今还受着冻伤的苦痛。

偷着抽

打开电脑，泡上一杯绿茶，凝神思索……

今天是节日，但我却蹲在办公室，要创作一个剧本。一个自以为的“好点子”藏于胸中已经好久，但如何构思剧情，塑造人物，包括安排细节，却是一个大难事，不能下笔。

一包方方正正红红火火的香烟摆放在桌前，闪耀着光芒。

这包名为“中华”的香烟，在不断诱惑着我，我内心在骚动：抽还是不抽？

追溯到我与香烟的关系，应该很悠久。但在相当长的时间里，只是与朋友、同学相逢偶尔抽上几支或者几天，但一转身就会忘记了。真正成为烟民，只有三四年吧。成为烟民意味着什么呢？一个晚上可以接连不断地抽，可以在午夜三四点钟坐在被窝里抽，可以早上一睁开眼就抽，就是感冒了，抽烟已经让人很难受了，还是要抽。结果弄得电脑键盘上全是烟灰，案头上全是烟灰，甚至连床头都是烟灰。

有时候躺在床上因抽得太多喉咙干涩得很，暗暗地发誓再也不抽烟了，但这只是一个念头而已，当第二天坐在办公室里，两三杯茶灌下去，喉头滋润起来时，还是乖乖地投降，跑到烟摊去了。我知道我已经上了“贼船”，不能自拔。也听闻过，有些人也戒烟，但每戒烟一次，往往时间不长又复抽后，而烟瘾越来越大，越抽越多。一个大活人，在小小的香烟面前是如此软弱，可见香烟具有多少的魔力。因此，我也暗自下了“决心”：此世不谈戒烟了。抽呗。

但在做了一个口腔小手术后，烟瘾竟然没有了（动手术前一天还在抽烟呢）。也就是说，我戒烟不是主动的，而且是不经意间完成的。这也是歪打正着，或者叫在一个不幸（生病开刀）事件中，捡了一个便宜（戒烟）吧。

不抽烟了，有时候看到别人不分场合不分时间在抽着烟，还会为自己逃出烟的魔爪而庆幸呢。有时候躺在床上，咂咂自己清爽的嘴巴，还有点不相信自己怎么就这样轻松戒了烟，脱离了"苦海"。

但现在，这包"中华"香烟在对着我发着某种强烈的信号。

我在少年时，读过浩然的小说《艳阳天》。但说来也惭愧和羞赧，这共四册的长篇小说内容如今我大多已经忘却，唯独那小说开篇中的一句还清晰地记得，那就是："光棍难受，二茬子光棍更难受。"

那戒烟者，大概也属于"二茬子光棍"吧。

"二茬子光棍"的欲念上来了，我开始在心里列着理由：

第一，今天是节日，节日总得庆贺庆贺；

第二，这包烟又不是我特地买来的，是一次酒席上发来的；

第三，不抽掉这烟就会霉变，霉变了就是白白浪费了；

第四，只抽一包烟，又不会上瘾；

第五，现在写不下去了，抽抽烟打开思路；

第六，……

够了，够了。我忽然觉得找出做一件事的理由是多么容易。有话说道，革命首先要有革命的理论，又有话说道，强盗也要有强盗的逻辑。哈哈。

于是，我就不需要再遮遮掩掩了，不需要缩手缩脚了；我也冠冕堂皇起来，我也理直气壮起来。

撕开烟盒的封装线，打开烟盒盖，抽出一支叼在嘴上，拿起打火机，咔嚓一声，火苗跳跃起来，把烟凑近，点燃，深深地抽一口，啊……再抽几口……

竟然是如此苦涩，接着是头晕。

忽然觉得，我这个“二茬子光棍”对于抽烟并不是真正的需要，而只是一种心理上的。

忽然又觉得，在生活中，我们拼命地索要的有多少是自己真正需要的东西呢？

享受喝茶

我高中毕业，被招工进入还在兴建中的化肥厂，随即，从东海之滨来到浙西的衢县化肥厂进行培训。

化工生产具有高度连续性的特点，工人实行的是三班制。为了提神，在上夜班，特别是大夜班时，师傅们都会端着一个泡着茶叶的杯子。我们这些做徒弟的也马上学着样，趁着休息天，到县城买来了茶叶。

和茶叶一起买来的还有一只茶叶盒，铁质的，比香烟盒扁一些，大一些，有着浅浅的弧度，橙黄的底色，喷绘着杭州西湖三潭印月的景色。以现在来估算，只能装得下几克茶叶。

于是，每天去车间上班，夹着的脸盆里除了毛巾、牙膏、搪瓷碗和小勺子外，多了这只茶叶盒，还有一只杯子。

因为有了这只茶叶盒，年轻的我又多了一分成熟感，还有是，自以为提升了“品位”——喝茶，那只是像我父亲这样的工作同志才喝的，现在我们也喝起茶来了。

其实，那个时候喝茶，我毫无享受可言，苦苦的，涩涩的，为了不使自己上班打瞌睡，只能强忍着喝，甚至是皱着眉头喝，犹有按着牛头强饮水的味道。

时光荏苒，想不到，当初勉强喝的茶，如今成为我最大的，差不多也是最多的享受了。

我在讲喝茶成为我的最大甚至是最多享受时，绝对没有附庸风雅、假装清高之意。我是粗俗之人，哪怕是在喝茶时也是如此，酣畅地喝着茶时，会情不自禁地吧嗒着嘴巴，发出“啧啧”的响声，甚至高喊着“好喝，好喝”。

当然，我喜欢喝好茶，喝着那些泡起来清澈明亮、喝着甘美清醇的绿茶，真是齿留余香，胸有回味。但同时，我喝茶也没有特别的讲究。当面前摆放着数罐（盒、袋）茶叶时，也许我会先挑好的喝，但剩下来的，我照样会一个一个地喝个精光。但没有茶肯定不行，我甚至说过，没有茶叶了，去楼下摘几片树叶来充数也行。

我想，从自然属性来说，人是享乐动物，喜欢吃喝玩乐，追求感官享受。年龄渐长，曾经的大杯喝酒，整夜抽烟已经远去，那种放浪形骸的生活也非我所求。我不想，也没有能力出人头地，成名成家，至于经济上的，我衣食住行无忧，足矣。我只是想过那种简单的、质朴的、平淡的生活。而喝茶就契合了我这种愿望，不需要花费好多钱，却又得到享受，面对着喧嚣纷繁、充满欲望的世界，保持着一份心灵的宁静。

那个在衢县买来的扁扁的茶叶盒早已不知所终，现在，我办公室和家里的书房里，尽管不时清理掉一些，仍然是放满了已经喝掉了茶叶的质地不一、大小不同、形状各异的茶叶罐、盒，至于随手扔掉的塑料袋更是无法计算了。

看着它们，就像是检阅着自己的子弟兵，心头满有舒畅感和成就感。特别是当驴友，在经历一整天的翻山越岭后，夜晚坐在书房里，泡上浓浓的茶，边上网或者写作，边一杯接着一杯地往下灌，真犹如久旱之地，奉承甘霖，说不出来的惬意和享受。

红苹果，你何时离我而去

那红红的苹果，粉红或者酡红，胖胖的，有着优美的弧度，像少女春天的笑脸；捧着她，光光的，纯纯的，散发着浓浓的芬芳，沁人心脾，世界仿佛一下子光彩夺目；忍不住咬一口，什么叫美味，什么叫大快朵颐，什么叫齿间留香……这下全懂了吧。

那红红的苹果，曾经闪耀在我岁月的枝头，成为一座无法轻易攀越的高峰，也犹如不会容易相遇的怦然而动的钟情女孩……在那个需要营养正在成长的年龄，在那个物资匮乏供给紧张的年头。

偶尔的相逢，或者是在一个隆重的节日，或者来了一个尊贵的客人，或者一个热烈的场面……那红红的苹果捧在手中，喜悦洋溢在脸上，珍重藏在心底。

可至今，红苹果离我而去，或者我离红苹果而去了；现在的所谓分离，就是经常相遇却陌如路人，视而不见，而且到了唯恐躲避不及的地步。

不但是苹果，还有那葡萄、梨子、橘子、桃子、菠萝、草莓，更别说杧果、柠檬、李子、杏子，橙子、文旦……到了我的口里只有一个感觉：酸！而且酸得要命。

如果到了某家做客，主人热情递过苹果或者别的水果招待，我忙作推让，主人以为我是客气，还一个劲地往我怀里送，此时，我会按捺不住差点发起火来：你们以为你们客气吗？你们是在折磨我啊。别说吃，我是一听到苹果这名字口里哈喇子就会滋滋地流淌的，不是想吃而垂涎欲滴，而是口里已经酸得难受了，酸得犹如牙齿在嘣里啪啦掉下来。

二十多年前，我读到一句西方谚语："关于口味的问题是无须争议的。"至今我还一直记着。可我原来并非如此的，原来是那么喜欢那些水果啊。那时还是计划经济时期，我还是一个单身汉，记得有一次，托一位在果菜公司工作的朋友，买来了一箩筐橘子，每斤两角，共计12元，相当于三分之一的月工资，用自行车推回宿舍，每天尽情享用，那清冽的甜蜜，用现在的词来表述，那就是：爽。不用多久，那一箩筐橘子就吃了个底朝天，可至今竟然一只橘子也吃不进口了。

现在的水果与以前相比，真是不可同日而语，不但品种多得不得了，而且数量上多得可以让居民当饭吃，只怕你不愿吃，吃不下。水果一年四季不断，而且同一种水果会常年供应，以前是多么不可想象。

这些形状各异、大小不同、颜色不一、鲜艳夺目的水果，竟然就与我不沾边了，我永远也无法消受了？我们是此岸和彼此，是滚滚河流让我们永远不能靠在一起了？家里的茶几上水果不断，品种翻新，这样就时常上演这样的一幕：家人递过水果，我一概以"酸"为由挡了回去，家人会边吃着水果享受地咂着嘴巴，边对着我说：真是不可理喻。

是我的味蕾老化，还是失灵了？我知道，反正我身体的某一个"部件"出了故障了，让我无法享受瓜果之甜美。那么，我是如何失去，什么时候失去的呢？仔细回顾，猛然一惊，我何止失去那红苹果和那些瓜果呢？

我那茂密的黑头发哪里去了？现在只是稀疏夹杂着花白，有些地方竟成荒凉之地。

我那超标准的视力哪里去了？现在要把报纸杂志举得远远的，才可以阅读，特别是在昏暗的环境里。

我那每个夜晚都要大吃特吃点心的好胃口哪里去了？现在晚上肚子给我的感觉都是处于"饱和"状态，即使家人准备好了的夜宵也往往丢弃一边。

那么，是否心怀悲秋之感触，谱写一曲“无可奈何花落去”的哭哭啼啼之歌，来祭奠逝去的岁月呢？但我想，同样的事情，关键是如何去认识和对待。以积极的姿态乐观的态度，“失去”也可以变成“拥有”：怀想、品味和珍藏着那个曾经的经历，曾经的“辉煌”，学学前辈阿Q先生，来一句豪言壮语：老子以前也是吃过苹果的。

红苹果，你并没有离我而去，你在我心中细细地品味。

岁月划过我们身边

今日晨跑回来，碰到了能师傅。

称他为“能”师傅，并非他姓能，也并非是他某一方面能力特别强；称之为能师傅是他名字的最后一个字是“能”，是那个时候我们这班小青年对他的“昵称”。

“那个时候”也真有点悠长了，在20世纪的70年代末，我们这个县有个“重点工程”——化肥厂上马了，这可是一个大事件，我们这批初中、高中毕业生被招工进入这工厂，很有优越感和自豪感。

“那个时候”开始落实知识分子政策，解决两地分居问题，于是当地在外工作想回到家乡的干部，这国营的化肥厂成为主要目标，能师傅就是其中的一个。

能师傅生得瘦小单薄，但比较白净，年龄却比我们大，经历也当然比我们丰富。能师傅是具有学历的工程技术人员，但能师傅调回来后，并没有被落实到科室工作，甚至没有被安排到上长日班的机修车间，而是和我们这班年轻人一样，上起了三班倒，只是他不是在化工车间，而是在整个生产系统的附属岗位——配电室。他刚好与我们同一个轮班，所以称得上朝夕相处了。以后熟悉了，能师傅介绍自己，原来是什么大学毕业安排在四川一个什么大工厂的。但能师傅安排在这上班，没有半点被埋没的怨言，也许这叫性格决定命运吧，他喜欢闲散、随意的生活，也就是说，他不是“场面”上的人，用民间通俗的话来说是“见大人不会说话，见着小人讲大大”的大小孩，每天习惯地挎着他的电工包上下班。

我们这班年轻人都喜欢能师傅，有些甚至就简称他为“能”，好像是大人叫唤小孩似的。配电室也是一个比较清闲安静的岗位，化肥厂只要生产稳定，车间操作工也是没有多大事的，也会溜出岗位常聚集在配电室，听能师傅讲故事，当然，讲得最多的是带荤的故事，能师傅喜欢讲，我们更是竖起耳朵听。那时，从年龄上讲，他是老大，从男女之事上讲，他是过来人，而我们呢，全是二十来岁的单身汉，听着这些故事好奇又兴奋，引得我们想入非非。

于是，时常出现这样的情景，几个年轻人涎着脸，央求着：能，什么故事再讲个听听。特别是上夜班，吱吱的发着声音的日光灯光下，能师傅会拉开故事匣子，一脸坏笑地瞧着我们。

而今天早晨，在溪滨路，这个绿树夹道上，能师傅拄着一根拐杖，欲行不能，说话含糊不清，仰望着我。

能师傅现在居住的小区其实就与我居住的小区一路之隔，数年前，曾经与他相遇过也做短暂的停留交谈，那时，他就已经走路跌跌撞撞了，这是中风的后遗症，现在则更严重。现在我看到能师傅的拐杖上端挂着几小袋小菜，显然是刚从菜场上买回来的，尽管菜场只是一步之遥，但对这样的病人来说，显然也是很不方便甚至是危险的事。我小心翼翼地问道：你家属呢？能师傅答，在家。那还好，有个家属照顾着。于是我与他拉起了话来，他说到他的两个儿子，在什么地方工作，一年能挣多少钱，但他口舌打卷，含糊得让我听不大清楚了。接着，他又说起以前一起的同事，他对我说，你们现在都不错。

看到此情景，想到逝去的岁月，回想到以前的情景，我时空紊乱，努力想找到某个时候的结合点、交叉点。于是，我就问道，你办理退休手续了吗？原来那个化肥厂早倒闭了，说得好听一点被别的厂兼并改制了，当得知他已经退休了，我进而问道，现在你多大年纪了呢？能师傅答道，70 了。那么，在那个时期，我 20 岁，他也只是 40 岁出头，比我现在还年轻呢。

在我与他交谈时，不时有路人回头甚至停下脚步好奇地张望着，我不想让他多作停留，毕竟他是身有不便的老人。临走时，我关心地问道，你住几楼呀，他说是五楼，我惊讶，你怎么能上得去啊？

看着只有我肩膀高的瘦小老头能师傅，颤巍巍地拄着拐杖移动着脚步，我心生悲凉：不说别的，能师傅，现在就是叫你讲一个故事你也不能了；再看看我自己，还算得上健壮汉子吧，又为自己感到庆幸。但是，又想到如果又过去这么多的时间，我是否也会变成能师傅一样的模样？

岁月从我们身边划过，给我们带来许多东西，也会掠走好多东西，包括我们的健康和生活。人生最后谁也无法掌控，谁也无法违拗，谁也无法逃避；重要的是珍惜生活，感受生活的点点滴滴吧。

每一次相逢都应珍重

我与他“往来”十几年，但只见过两三次面。

在离退休只有三四个月时，他走了。到另外一个世界去了。

我们都是群众文化工作者，在同一级单位，同一个专业岗位，各自编辑着一本文学杂志，只是区域不同。他的所在地，是文学大师茅盾的故乡，办的杂志的刊名就是茅盾题写的。我们每期杂志出来后，都会寄给对方，十几年来如此。在众多的群众文化内部刊物中，他的姓名之所以让我容易记得，那是他的名字与工作很有关联。他叫：敬文。

去年，那本杂志的秋季卷如期寄来，并且内有他的一本厚厚的文集，叫《散柳集》。我想，他临到退休，出一本作品集，也是对自己文学写作的一个总结，也是蛮好的，是有意义的事。但让我有点疑惑的是，书中并没有他的签名。这时，我也刚出了一本散文集，过了不久，在寄杂志时，我也寄给了他一本，作为“回礼”。

这个星期，我又收到了那本杂志的冬季卷，在其中却读到一组怀念他的文章，原来，他，敬文先生，已经走了。从这组文章中对他生病、去世的记叙，在时间上推算，我收到他的文集时，他就已经走了。那么，这本他的《散柳集》是他的同事寄赠的。

敬文先生是杭州人，但在初中毕业十六七岁时，就到桐乡“插队”，从此落户他乡。他从农民当起，后到商店做店员，因为喜爱文学写作，调入文化系统；从文化站再调入文化馆，做起了文学辅导、编辑工作。

我与敬文先生只见过两三次，是在全省群众文化报刊年会或文学颁奖会议上，而且有过交谈，记得他那么和蔼地与我聊过他“插队”和文化工作的一些经历。他个子瘦小，脸色白皙，与人交谈时，总是满脸微笑，他是那么纯净、亲切和坦诚，见不到苍老，见不到怨恨，更见不到什么老谋深算。

在那一组文章中，没有人不说他是一个好人，一个老实人，一个任劳任怨尽心尽责的文化人；同时，他也是一个勤奋的人，一个刻苦的人，一个只有初中学历靠自学成为一个作家，成为一个文化工作者。他的朋友说，他的原名并不是现在这个名，因为太“敬爱文学”了，所以后来改为“敬文”。

敬文先生用自己的一生，赢得人们的爱戴和尊重；他的同事、朋友和学生也是有情有义的人，在他曾经编辑的杂志上，开辟出一个《心香一炷》栏目，发表了这10篇文章和一首诗追忆和悼念他，情真意切。在此之前，他在病重之时，他的同事、朋友们，仅用不到一个月的时间，就把他的书出版，在他去世前两天，送到了他的病榻前，这也是对他一个慰藉了。据说，这书名也是他病重时，自己起的，自谦自己的文章为“散柳”。

面临退休时，他还有着远大的理想，可以从“为他人作嫁衣裳”的繁重工作中脱身出来，静下心来，写出更有分量的作品来；即使在他病重时，他仍然保持着写日记的习惯，只是自己不能动笔了，他仍然口述，叫妻子记下。如此热爱生活，热爱写作的人，但时不假年，在查出疾病不到数月就离世了。

一个小人物，一个蕴含着真善美的小人物的形象跃然纸上，我眼前又浮现出他和蔼的笑容，有着掉泪的冲动。

我是个不善交往的人，更是个不善于畅谈的人。如今，面对他去世的噩耗，竟有点怨恨当初见面的时候，没有与他好好聊聊，哪怕是拉拉家常。斯人已逝，只能永远遗憾了。

谨以此文怀念这位我没有多大交往的好人、老实人和长者。

相遇张玲玲

昨天碰到张玲玲，在电梯里。

张玲玲是一个女子。

当我向位于13楼的某部门送交两份表格后，乘电梯下来时，电梯在某楼停下，又进来几人，其中一个红红的上衣，还有红扑扑的脸满是笑意的女子，热情地与我打招呼。

我蒙了，我不认识她，再仔细看看，还是一点印象也没有。我结结巴巴，也一定红了脸，说：我，真的……不认识你了……你是……

那红红的上衣，红红的脸庞的女子爽朗地自报家门：我叫张玲玲。

我似乎醒悟，嘴里在应承着：噢，噢——

电梯在急遽地下滑，我们并肩穿过大厅，她还在说着，我还是装作醒悟过来，“噢，噢”着。

来到门口，她说，我们都老了，并笑了：我已经做外婆了。

就这样，我们分手了，她朝左边斜坡形的车道下去，我迈下阶梯，径直朝大门走去。

当她自报家门“张玲玲”时，我一直装着醒悟过来，其实直到分手，我还是没有明白过来，这个穿着红红上衣、满脸笑容还为当上外婆而欣喜的女子究竟是谁？

但“张玲玲”这名字，在电梯急遽下滑和我们穿过大厅的一两分钟甚至是几十秒里，大脑在急速地闪动，穿越流逝的岁月，忽明忽暗，与曾经的张玲玲好像对接上了，但又猛然脱离开了。

直到步行到大门口，我才猛然醒悟过来。噢，原来是这张玲玲啊。

20世纪80年代初期，历经“文革”后，我们这被耽误的一代，涌动着自学热潮，县总工会开设在某小学的夜校成为我们的“热土”。当某年，我们完成了“写作班”的学习后，还是意犹未尽，于是，有人提议，建立一个文学社来。

那时，我们真是热血沸腾、青春澎湃，对文学有着痴迷和狂热，几经商讨和争议，在那个炎热的夏天夜晚，在一个冷饮店里，七八个人围坐在一起，最后敲定文学社的名称，同时决定办一份刊物。当时我们忘乎所以地欢呼，惊动了四周的顾客抬头张望。

文学社成立了，还像模像样地打印了通讯录，设立了理事会，选举社长、副社长，聘请了顾问，规定每两个月召开一次活动，编印一期刊物。会员除了原写作班的外，又吸收了一批来自各单位的文学爱好者。

张玲玲本来就是写作班的还是后来加入文学社的，对这个，我已经模糊。但我记得很清楚，张玲玲，身材匀称，小小巧巧，二十出头。张玲玲，这是一个长得不是光彩照人也不是丑陋粗俗的女子，而对于张玲玲印象更深的是人缘和为人。我曾听过同是文学社的，但年长于我的人对于张玲玲的评说：既能与男同志拉拉话，又能与女同志相处，是一个“刚刚好”的女子，并不是像有些女子孤僻内向，也不像有的女人又疯又野。我认为极是。文学社每次活动，都是安排在晚上，借用某个单位的会议室，总会看到张玲玲在忙碌布置，有人进来，也会笑着打个招呼。

张玲玲，在一个印刷厂上班。那是一个小印刷厂，在郊外的一个山洞。一个秋天的夜晚，我们几个人到了她的厂，排印文学社刊物的几篇文章。这是我们第一次接触这活，张玲玲成为当然的老师，我们从木方格里找出需要的铅字，排列好。听张玲玲说，排好的铅字印刷后，就会熔化重铸，因为重新捡回来放置好远远超过了熔化重铸的工作量。

于是，那一期的刊物上，有了几篇是铅印的，其中有我的散文诗。要知道那时全是油印的，也是借一些单位的打字机打起来的。只是那些刊物在不断的搬家中，被我“淘汰”了，现在想想，那是做了多么傻的事。

以后，张玲玲结婚了，一个夜晚，我们文学社的一伙人还受张玲玲的邀请去开过一个类似于茶话会之类的。那时，张玲玲的婚房是租在一个民房的三楼。一伙人就围在一张桌子上，吃着糖果，有人表演节目时，逗得大家开心得拍手跺脚起来，惹得二楼睡下了的房东直喊话。

以后这个文学社无疾而终，不了了之，大家都散失在生活的烟尘之中，与原来的文学社成员偶然相遇，会谈起这伙人的去处和近况，我也曾经听说张玲玲与丈夫在县城夜市摆地摊，这也是当时商品经济大潮中，勇敢又“新潮”的活。这也是最后有关张玲玲的消息。

那个下午，我走在路上，思绪滚滚，神思恍惚，惊异生活在这个小城，一别就是二十多年，这二十多年可是人生中最美好的时光。张玲玲，我曾经的文友，可过得好？

这个下午，我要接受这么一个事实：一个姑娘忽地变成外婆出现在我面前。

对一幢大厦前身的怀想

这幢大厦就在离我单位不远处，处在同一条街道。这幢大厦耸立起来已经数年，在这遍地起高楼的今天并不为奇。

今天下午，当我顶着初夏的阳光，晃着硕大的光头，戴着墨镜走过时，这幢大厦通过镜片扑入眼目，不知为什么我顿时生出许多联想和感慨来。

大厦所在地，原是一个国有工厂，由于我曾经也是一个“国有工厂”里的青工，因此，与这工厂和这工厂里的人有着一些了解和联系。

名为工厂，因此一个工厂所要具备的这个工厂都具备着，设置的各个科室、车间、仓库，包括停车棚、厕所，大门就朝街道开着，门口像大多单位一样，有一个传达室。要是我们打电话进去找人，那传达室的就会开起广播喊“某某人，到传达室接电话……”这个高亢洪亮的声音也会通过话筒传来。那个时候，一个工厂一般只有两三部电话，传达室、厂办，还有就是供销科。

我曾经进入第二幢二层楼的排字车间，那是一个冬日，阳光通过窗口暖洋洋地照进来，照在一排排斜立着的木框上，那大木框里又被分隔着一个个小格子，一个格子里放着好多相同的一个铅字。排字工人根据稿件，就一个一个地把铅字取出，排列在平躺着的“版面”上——也是木框里。在这里见到了忙碌着的小A姑娘，小A姑娘笑吟吟地与我打招呼。与小A相识，应该缘由“艺术”：我们都是小城里的文艺业余骨干，在一些会议和活动上会相聚。只是她是搞书法的，当时应该擅长硬笔书法，而我则涂鸦几笔所谓的文学。因为自己字写得蹩脚，对字写得漂亮的人特别是对字写得漂亮的女子就有一股好感和敬佩。以前只是知道她是这个厂的，不知道具体做什么，那么，她应该是一个排字工。小A生得小巧，又热情，每次在路上或者各种场合碰到，都是她首先打我招呼，这让我心生感动中又有惭愧。

那时二十多岁，做着共青团工作，于是，与这个印刷厂的团干部，更是有了互相的交往，特别是团的工作分组活动时，由于我们同是“国营”的，而且同一个主管局，往往会分在同一组，于是认识了女团干部小B。我这个“被荒废一代”的其中一员，沉浸于自学中，已经堆积起好多订来的杂志。因为我曾经了解印刷厂可以为杂志装订或黏合封面等，请她为我装订成册，她满口答应。于是，我把杂志整理好，放在一个纸板箱里，用自行车驮到这厂门口。也是传达室老工人嘴对着一般在领导讲台上才有的包着红布头的话筒高喊“小B，门口有人会客”。小B听到广播后急匆匆从车间出来，把我沉重的纸板箱抱了进去。后来，小B把装订好的杂志送还了我。她把薄的杂志一年装订、黏合成一卷，把厚的杂志半年装订、黏合一卷，还作了重新切割，还有一道工序应该是挤压。我不知道她在工厂做的是啥工种，但为我杂志装订、黏合很专业。

还有大C，瘦高男子，做设计的。我曾多次进入他的设计室，设计室其实很简陋，一个床板之类的架起的大桌面，凌乱放着好多纸张、刻刀之类的。我来是请他为我办的厂报书写报名，并在他们的厂印到四开纸上，而以后厂报的内容，则在自己厂内打字、油印。他拿起毛笔在纸上写下了好几个“工人之声”，我挑选了其中一个。在书法上我是外行，但我是“客户”，我可以凭直观决定选用哪一个。而大C这项量很少的工作，也应该不是“友情出演”，而是把这项记入了他的业务量中，因为这是他的本职工作。这样，把这四个书法体字“烂板”，以后多次上机印刷。其实，大C是我的老朋友了，他与我同时被招入一个工厂，只是以后因为他的书画专长，调入这个印刷厂。

这些都是二十多年前的事了。以后我调入现在这个文化单位，更与这印刷厂打上了交道，因为我经办的文学杂志在这里打字、编排和印刷。

那时开始使用上电脑，电脑室里其中一个女子叫小D，我在电脑室进进出出中，似乎经历了她挺着肚子、回家分娩和重新回来上班的过程。

接着就风闻这个厂要被兼并了，我在印刷厂的电脑室，听到这班女子高声倾诉着不兼并的理由：厂址这么优越，工人又不多，又有业务，完全可以养活自己……好几次看到有工友神色匆匆又神秘地跑来耳语，原来工人们开始“保厂运动”：自发选举职工代表，自发召开职工代表大会……

但后来，这个厂终于还是被兼并了，而且在兼并几年之后，开发成商品房——一座高楼耸然挺立。

一个工厂就这么变成一座大厦了，这个城市里所有国有工厂似乎也消失殆尽，而且清一色地开发成房产。小A至今不仅仅是一个书法爱好者了，用一个书法家来冠之，一点也不为过，而且担任着书法家协会的主要职务。小B为我装订、黏合、切割的三四十卷杂志，至今还整整齐齐地码在书架下层。而大C则命殒一场车祸，令人惋惜。

在当夜写这篇文章还缺一个结尾时，我累了，就收笔，我想明天晚上再完工。第二天上午一上班，有一个女性加我QQ问我一事。她就是原来印刷厂电脑室的小D。世界原来有着如此的巧合。

原来，她的孩子已经14岁了，小学毕业班，想在暑假为孩子找个老师补补作文。天哪，一个生命原来只是在她妈妈的肚皮里间接看到，现在竟然是这么大了，真让我惊讶得不行。

两只铁丝网兜

一日，我的目光落在办公桌上的两只铁丝网兜时，心头不由颤抖了一下：这两只铁丝网兜已经伴随我整整 18 年了，现在还有这样的办公用具，也算是“奇葩”了。

1995 年，我进入群众文化工作岗位的第二年，主管局决定创办一本文学杂志，这就是《海风》，从此，我就承担起杂志的具体事务。这两只铁丝网兜就叠放在办公室桌上，存放着收到的稿件，其中还有一本打印装订起来的来稿登记册，对每一篇来稿写上篇目、体裁、作者和联系地址、电话号码等。

这两只铁丝网兜成为稿件的“储备库”“百宝箱”，一篇篇来稿先在这里安家，当开始编辑时，又从这里挑选出一篇篇稿件，变成一本本杂志，飞到读者手中。

即使以后有了电脑，还是有一些作者，特别是上了年纪的作者，会寄来纸质稿件，这两只铁丝网兜依然行使着“职能”，只是被选中的纸质稿件，我还要自己一个字一个字地输入电脑，成为电子稿，才能发到印刷厂编排。

现在，当我审视着这两只铁丝网兜时，我心里又猛然一个闪现：这两只铁丝网兜何止是 18 年？在 20 世纪 80 年代中期的一天，我作为文学青年或者叫业余作者，走进文化馆三楼这间有点昏暗但对于我来说是那么神圣的办公室，激动又有点忐忑地递上稿件，我亲眼见到当时的文学干部林敏老师从桌前的铁丝网兜上拿出一本登记册，展开，给我的稿件登记，再把登记册和我的稿件放入铁丝网兜里。只是这约十年后，我也坐进这个办公室，自然是接过了这两只铁丝网兜的“衣钵”，从事这群众文学工作。

林敏老师离开这个岗位到外省工作已经二十多年，但我们还是有联系，我用手机把这两只铁丝网兜拍下来，在网上通过邮件发给她，她说，看了邮发来的图片，引发了很多回忆，想到了温岭的许多往事和朋友，写下来将都是宝贵的精神财富……

从半年刊到季刊；从小16开，到大16开版本；从名不见经传，到一次次被评为省群众文化报刊一等奖……这是《海风》文学杂志18年的成长和嬗变之路。这是因为有领导的重视，有作者读者的支持，还有就是我们编辑团队的坚守、努力和付出。没有办过刊物的，不了解工作的烦琐和细致，更体会不到所承担的压力，每一期杂志印刷厂打包送来，我都不敢马上分到单位别的办公室，甚至是战战兢兢地拆包，只怕是一打开杂志，就发现有错失，而且是天大的错失。可以说，我人生最年富力强的18年与这本叫《海风》的杂志紧紧相随，如今，我几乎半个头顶不长毛了。

在此，当我在叙说《海风》时，我想到了另外一个词：“前《海风》时期。”可以说，我是温岭新时期群众文学的亲历者，只是“《海风》时期”我是主持者，而“前《海风》时期”我是参与者、见证者。“前《海风》时期”也是在这两个铁丝网兜上创办过《温岭文艺》杂志，刊出过《海莲花》《海涂地》《大潮讯》等集子。

18年来，我单位在相邻的三幢房子里搬过三次家，如今又回到了起点，而我搬过的办公室次数则更多，这两只铁丝网兜则一直跟随着我。与这两只铁丝网兜相“配套”的还有一只办公木橱，我笑称产于50年代，后来更换了一只，我推测现在这只木橱应该是20世纪70年代的。

两只铁丝网兜反映的是办公条件的简陋，更突显的是群众文化工作者一代又一代的坚守。

两只茶壶

每天一早来上班，除了开门、推窗外，两分钟内，我还要做好两件事：开电脑和烧开水。

开电脑是工作，烧开水属于生活。

这么多年来，我烧坏掉的茶壶已经记不清了，随着茶壶的更新换代我使用的也在升级，我现在办公室和家里书房里的茶壶，牌子不同，但从外形来看，几乎没多大差别：葫芦形，上下是黑色的塑胶，中间是不锈钢，白白的，放在一个黑色底盘上，底盘当然有一根尾巴，那是电源线。

这么一只茶壶能盛多少数量的水，我也不清楚，反正够我喝半天或者一个晚上的，如果中途开水凉了点，再按一下手柄上的按钮，茶壶会开始加温，到沸腾时，开关自然会跳了。

我是个生活比较随意的人，不大注意细节，但后来，还是觉得这两只茶壶是有差别的，而且差别挺大，大到我恼火，甚至气急败坏的地步。那就是办公室的这只茶壶，我往杯里倒水时，水就会从茶壶口散落到桌面上，不是几滴的事，而是一滩；还有就是我在自来水龙头下接水时，这开着的盖子会自动合上，这样，自来水就冲在盖子上，四处飞溅，也自然有流入茶壶里。盖子外表自然没有茶壶里干净卫生，于是，只得把已经进入茶壶里的水使劲摇晃，洗汰，倒了，扳回盖子，再开始接水，这盖子会冷不丁又盖上。气人啊。而家里的这只茶壶却根本没有这缺陷，同样是三角形的茶壶口，同样是白色不锈钢的，每次倒开水从没有水洒到外面，水是那么稳稳地流入杯中；每次在水龙头下接水，盖子从来不自动合上。

有时候就产生冲动，想把这两只茶壶拍照传到网上，再来表述：外形如同孪生子，使用上却是两重天，题目就叫，也几乎是吼出来的：这就是品质！我又依稀地回忆起，这两只茶壶先后从超市买来，办公室的似乎价格低了二三十元，于是，我又恨恨地想到"一分价钱一分货"的俗语，想告诫自己也告诉人家，买了价格低的，别以为就得了便宜。

因为两只茶壶不同，每次喝茶，在办公室和家里就有了不同的感觉和心情。但一天还是发觉，在办公室倒开水，那开水并没有洒到外面，细细一推敲，原是水倒得不急的缘故。以前刚一烧好开水，提起茶壶，恨不得一下子把这硕大的茶杯倒满，水也就洒出来了。从此，我在办公室倒开水就尽量留个心，缓缓地提，慢慢地倒，开水就乖巧地流入杯里。

再是，右手握着茶壶的柄在自来水龙头下接水时，大拇指可以按住盖子上面的凹处，或者食指钩牢盖子的边沿，再不济，用左手来搭着盖子，这样，就不会出现盖子自动关上的情况了。

这让我陷入沉思和联想，谁都希望生活如我家里的茶壶一样，设计得完美无缺，但现实中，往往都有不如意的时候和地方，像我办公室里的茶壶，在这个时候，我们如何面对？是一味地埋怨，破罐子破摔，还是努力克服，积极上进？只要用心，一些问题可以不成为问题的，甚至遭遇困难、挫折和失败的时候，我们还应该如何做到从容、优雅、诗意地过好每一天。

也就在这个时候，我发现家里的茶壶的柄子和壶体裂开了一道缝。

和王石一起登山

和王石一起登山，那是猛然觉得我和王石有着深深的共鸣。

王石说，登山不怕死，怕死不登山。王石说，我喜欢登山。实际上我怕不怕死呢？人生来就是怕死的，生来就是希望永存的，但是那是不可能的。所以，登山虽然有危险，关键看你喜欢不喜欢，只要你喜欢，其他都是次要的。

我曾经在《在寒风中疾走》中说，我是那么不可名状地喜欢上驴行，足迹几乎踏遍当地所有山岭，以及周边县市的名山大山。我说，驴行途中，要经过那些悬崖深涧，陡坡巨石，一有失足，后果不堪设想。我是一个怕死的人，但面对驴途中这样的险境和可能会产生的后果，我是坦然，甚至想到如果以这样的方式离开那是一种美丽。

和王石一起登山，那是发现有些经历是惊人的一致。所谓的成功者并非就是勇往直前、所向无敌的，包括心理上。

王石说，其实，每次一进山我就后悔了，上到海拔四五千米，风刮着，头疼，恶心，我就骂自己，问自己怎么犯贱又来了？王石说，我要活着回去！而且，我一定再也不登山了。

而我在登山途中，特别是在最艰难之时，满头大汗，气喘吁吁，此时，我不能后退——入口已经远远抛在后面，即使下去，是偏僻的山坳，没有人接应你，你连家也回不去；你不能坐下，原地不动无异于等死；而经过一浪又一浪山坡，山顶依然遥不可及，真的抱怨自己，后悔起来，干吗出来登山，如果这个时候坐在电脑前优哉游哉，或者躺在床上吹着习习凉风，多惬意，多舒服。可一回来，马上“好了伤疤忘了痛”，享受的是登山完毕的愉悦，对下次登山充满着期待。

和王石一起登山，那是觉得哪怕一些细节都是一模一样。王石说，山上风大，擦鼻涕是免不了的。一般来讲手套就当手绢用了，这并不雅观，但是这个时候就不要不好意思了，手套设计的时候就有擦鼻涕的功能。

当我读到王石如此表述时，我笑了，这样的文字就如描写我爬山的经历，如此逼真，只是我一直忌讳着，羞于提起。

说是和王石一起登山，外人以为我是在作假，是攀附名人，想抬高自己。王石，房产大亨，万科老董，叱咤风云；我，一个小职员，偏居小城一隅，默默无闻，两者毫不搭界，素不相识。其实，那是我阅读了《王石说：影响我人生的进与退》一书，似乎就在和他一起登山，那也算是神交了。

王石登上了7大洲的最高峰，然后又徒步穿越了南极和北极，这在圈内叫“7＋2”。他是世界上第121个完成登顶7大洲最高峰的人，是完成“7＋2”第9个。尽管我没有比他登得高，走得远，但我也是登山爱好者，其中的思想感情是相似的，并且他的理念和行为是我追随的，赞同的，钦佩的。

一个企业家，放下大企业，潇洒登山去了，把所谓的事业抛在身后，交付他人。这不但对于那些身负重任的人来说做不到，就是对于一般人物来说也是困难的。君不见或为了所谓的事业，或为了金钱，或为了职称的晋升，或为了炮制鸿篇巨制……多少人一日不可停歇，夙夜劳累不休。登山是什么？对于有些人来说，那是可有可无的身体调节，甚至完全是多余的活动项目。只有王石才会说，而且能够做到：我们应该学会“放下”。把都市的生活放下，把赚钱的欲望放下，把竞争的压力放下，把学业放下，把博士论文放下……哪怕只放下三五天也好嘛。去感受大自然，这是非常有必要的。我想这说得极有见地，当我们在某些方面“退”出一步时，我们则更“进”了本质生活、本质人生一步。在封面上，像一方闲章，王石自封为“生活家”，真是值得玩味。

王石登山悟出了道理：“成功不在于一时，而在于你能不能长久坚持；不在于个别的轰动事件，而在于你是不是默默无闻做为达到目标所做的事情。”回顾了我自己一下，我这样的小人物，如果说还做出了一点业绩的话，那就是坚持。

王石登山推行和促进着环保这个理念和行动，从一双木筷、捡垃圾，一直到成立阿拉善 SEE 协会，以及国际性的环保活动，更是令人敬佩。

由此，我想到身边这帮自发的松散的驴友圈子，也把环保当作了习惯，每次进山，把果皮、果核之类的扔在树木花草中，这样可以肥沃土地，这么一点儿东西，对于大山而言微乎其微，甚至只是理论上的，但我们心里是这么愿望的；而把塑料瓶、易拉罐、塑料袋，哪怕是一张糖果纸，都自觉带下山，我们无法改变别人，但自己要尽量做好。尽管力量有大小之分，但品质是一样的。

阅读着这本书，我就犹如与王石登了一回山。

登山的小姑娘

那天上午,我们一行登上了华山。华山是我国著名的五岳之一,位于陕西省华阴市境内,是国家级风景名胜区,可谓是蜚声海内外,而对于我们这一代直接和形象的印象来自电影《智取华山》。说是登上华山,其实是先坐游览车乘索道上去的。从索道站出来,似乎只转一个弯,就是北高峰了。北高峰最显眼,应该是大石块上镌刻着并涂着鲜艳红漆的金庸大师书写的"华山论剑"四个字。

我的几个伙伴就停留在这里,不想再上去了,而此时,我算得上是豪情万丈,仗着体健力足,继续攀登了西峰和南峰(从地图上看,只有东峰散落在另外的地方,非在这个"板块")。直到午后,我才兴致勃勃下来,与一直待在北高峰的伙伴会合后向索道站走去,要下山了。在这其中,我也免不了喜滋滋地自夸一番。

在一个三岔口,一条路平坦地通向索道站,一条是石阶伸向山下。就在这时,从石阶道上依次冒出三个20来岁的小姑娘,她们背着双肩包,拄着木棒,但脸上挂着笑意。我们惊奇地向她们打招呼,她们说,是一直从山下步行上来的,问什么时候出发的,她们回答是一大早。短短几句的交谈后,她们与我们擦肩而过,继续向上攀登。此时,我很是感动,同时惭愧、失落又占据心胸。

也就是说,我们几乎与她们同时出发,当我们回程时,她们还在攀登的途中,她们是迟到者吗?显然不是。当我们高高地坐在索道的游览车上时,她们正一步一步地攀登着。她们是为了节省或者就是拿不出那一二百元钱，这并不重要，重要的是她们徒步上来了；一个人特别是年轻时，缺钱并不是一件不光彩的事，重要的是要有一种脚踏实地坚韧不拔的精神。就如这次登临华山，我的“一大截”路程是在游览车上掠过，我的几个伙伴只是“名义”上到过华山，而那三个小姑娘则不同。

为了到达目标，有些人只是为了到达目标，因此会借助工具甚至采取一切手段，而有些人，则就是要经历和体会着这个过程，尽管这个过程中的一丝一毫都需要付出努力，付出艰辛，但至死不悔。

日子如白驹过隙，这一年就这么过去了。再回望这一年，有啥给我印象深刻，让我思考和供我力量的呢？那三个不知名的小姑娘瘦小单薄的身影就在我的头脑里浮现着。

我至今还在惦记着，那天，她们攀登上华山之巅时是怎么个情景，回转到山下应是什么时候了呢？

鸟儿问答

夕阳西下，暮色渐渐地降临，这座城市里的一条繁华街道边，一棵如冠的香樟树上，麻雀一只一只、一群一群地飞回来了，站立在枝头“叽叽喳喳”地叫着，好似在奏响一曲交响乐，好不热闹。

“我们上电视啦，我们上电视啦……”花姐姐站在树梢上，高声地发布消息。

“真的吗，真的吗?”众麻雀好奇又激动地问着。

“当然喽。”花姐姐得意扬扬地翘着尾巴叙述着，“昨晚本市新闻，第七条，播放的就是咱们……”

“镜头里面有我吗?”俏丫头跳到花姐姐跟前，伸长着脖子问。

“你就知道出风头，想成名。”花姐姐骂了俏丫头一句后，变得神采飞扬起来，“我们的好伙伴，昨晚的新闻是这样的。画面上，全是我们啦，有在树边飞舞的，有站立在树枝上的……主持人是这样报道：每到夜色来临，大街上的那棵香樟树上，就会聚集着数百只上千只麻雀，这一景观引得市民纷纷围观，赞赏不已。这表明我市通过大力整治，生态环境得到大大改善，一个山清水秀的时代已经来到……”

“哇，太好了，我们上电视了。”“我们竟然成为新闻人物啦。”“怪不得前几天的一个夜晚，射来明晃晃的光，还有人扛着机器，原来是在拍摄我们。”“是啊，这里我们住得真舒服啊……”香樟树上欢腾起来。

“浅薄、庸俗……竟然被这些破新闻糊弄。”正当这时，传来冷冰冰的声音。大家循声望去，名为不合时宜的这只傻鸟正站在一边，嘴角挂着嘲弄。

不合时宜后生长得俊，花姐姐曾经向它抛过媚眼，但这只傻鸟秉承特立独行的个性，装聋作哑地毫无反应，这下，花姐姐气不打一处来：“你深厚吗，你高雅吗？你说说，这新闻难道有假吗？别人可以怀疑，而我们就是当事人最有发言权了……”

“我问你，”不合时宜慢吞吞地问花姐姐，“你是从哪里来的，为什么到这里来了？”

“哼，这有什么啊，你问不倒我。”花姐姐气呼呼地说，“我原来在东花镇，因为那办的工厂，冒出黑烟，放出污水，我实在熬不下去了，飞到这里安家。”

“俏丫头，我问你……”不合时宜接着说，俏丫头一听叫她，赶忙飞到跟前，笑眯眯地说：“不大哥，你问吧。”

“你又是从哪里来的，为什么到这里来了呢？”不合时宜还是一副冷峻相。

“嗨，别提它了，我原来在西林乡，那可是我们的乐园，可是后来大批的树林被砍伐，我们栖身的地方也没有了，所以只能流落他乡……”俏丫头眼泪都冒出来了。

“你们知道为什么了吗？我们这里鸟口密度这么高，差不多是世界第一了。而这棵大树也是花费好几万元从外地购买来的。其实我们这里类似一个孤岛了。”不合时宜发着连珠炮。

俏丫头仰着头，一脸的崇拜。

不合时宜愤然说着：“如果都是青山绿水，我们还会住在这车水马龙的街道边吗？还愿意承受那刺耳的喇叭声，耀眼的灯光，还有呛口的尾气吗？”

花姐姐望望不合时宜，又望望依偎在不合时宜身边的俏丫头，恼怒地说：“你这么胡说，是要犯错误的。”

“我犯什么错误？现在环境是总体恶化，局部改善，这是人类环保部领导说的。”不合时宜掷地有声地说。

“哇，不哥，你懂得真多。”俏丫头仰着头痴迷地望着。

“干吗拿局部来掩盖总体。”不合时宜“啊”地嘶叫一声，像箭一样飞上夜空，留下众鸟在愣着。

后　记

这部书稿，大多写于2009下半年和2010年；大多写的是我的童年和我的家乡。2011年已整理成“书”，一直存放在电脑里；至今，五载又过去了，核对了一下，内中文章，几乎全部在报纸杂志上刊登过。

当时，总有一种思绪围绕着，2009年的国庆假期，我终于去了趟家乡。这次回家仅仅是数天，但找到了契合点、爆发点。在写作这“回家”系列的一年多里，往事如泉水般涌上来，敲击在键盘出现在显示屏上，我才觉得自己已经不再年轻了——那些几乎很平常的事，只有经过岁月的积淀，才会显露，才有醇香。谁都经历过童年，只是各有着特定的历史时期、特定的环境，没有假设，不能更改。谁都有家乡，我庆幸自己的“家乡”，不仅仅是出生地、生长地，更是祖辈生活的地方，有着血缘关系的地域，更保留了浓郁的农耕文化气息。

我在家乡度过的日子，加上休息日，掐指算算，总共也只有三四年吧，但给了我丰富的生活，给了我深刻的人生印记。在这一点上，我为我们的下一代惋惜：居住在城市的“盒子”里，离开了泥土，离开了庄稼，面对电脑、电视，玩着电子游戏，还有写不完的作业，如何感受得到我们曾经的生活。

童年已经远去，家乡还在，但再也回不到从前的家乡；只有乡情藏于胸中，还有抹不去的乡愁。

本书谈不上如何艺术化地处理和表现我的童年、我的家乡，我只想用质朴的语言、平实的手法，记录下记忆中的童年、记忆中的家乡——20世纪70年代，温岭县泽国区牧屿公社池里大队，特别是那个叫官塘岸的自然村，并深情怀念我的祖母。